Antoni Casas Ros

Le théorème d'Almodóvar

Gallimard

Antoni Casas Ros est né en 1972 en Catalogne française. *Le théorème d'Almodóvar*, son premier roman, a reçu le prix du Meilleur Premier Roman 2008 en Espagne.

À ma mère

« Au centre du vide, il y a une autre fête. »

ROBERTO JUARROZ

L'étendue n'existe que sous la forme d'un accident[1]

J'imagine le cosmos entier composé de suspensions hétéroclites. Une orange croiserait une équation, un arbre un papillon, un rhinocéros une danseuse de flamenco, et moi, mes quarks dansants, éparpillés, je jouirais de ces rencontres fortuites. Sans la pesanteur des corps, nulle fatigue. Les articulations resteraient souples. On verrait de nobles vieillards s'amouracher d'un fœtus qui oscillerait, encore androgyne. Les chances de rencontre seraient multipliées à l'infini. Tout cela pourrait se mettre en équation. Je pourrais écrire l'ouvrage qui bafouerait les principes sociaux, politiques et relationnels les plus élémentaires : « De la flottaison des corps ». L'aventure, la vraie ! Toute la problématique psychologique serait remise

1. Les titres de chapitres sont des citations de Newton. *De la gravitation* suivi de *Du mouvement des corps*, traduit du latin par Marie-Françoise Biarnais et François de Gandt, coll. Tel, Gallimard, 1995.

en question. Le monstrueux nombrilisme exploserait. L'impossibilité même de nouer une relation de plus d'un millième de seconde rendrait tout lien aussi léger qu'une plume d'albatros. Les êtres sauraient enfin qu'il n'y a pas de solitude, de devoir, de destin, de passé et de futur. Une suspension des sentiments et des désirs, les sexes jouiraient d'être toujours entourés d'étendue. Les philosophes s'exprimeraient légèrement, ce qui n'est pas leur spécialité. Ah ! Cette légèreté que bien peu connaissent, les philosophes et les autres, et à laquelle j'aspire ! Ce serait en quelque sorte l'Éden mathématique. Voilà à quoi j'occupe mon temps. Ce genre de rêverie m'exalte au plus haut point. Il m'arrive de passer sept ou huit heures sur ma terrasse, plein sud, vue plongeante sur le port de Gênes, sans un mouvement, sauf celui du bras qui va et vient en direction d'une bouteille de cognac.

Cette nuit, je me suis réveillé vers trois heures du matin saisi d'une joie que je n'avais jamais connue. La joie de Newton lorsque la pomme tomba et lui donna l'intuition de l'attraction terrestre : j'allais écrire l'autobiographie d'un esprit et non celle d'un corps. Il semble que Newton n'ait jamais parlé de cet épisode de la pomme sans doute forgé par Voltaire, mais peu importe. L'attraction terrestre, l'attraction que tout corps exerce sur tout autre, les rencontres fortuites d'objets, une voiture contre un arbre par exemple, sont de celles qui ont détourné ma vie.

Depuis quinze ans, personne ne m'a vu. Pour avoir une vie, il faut un visage. Un accident a détruit le mien et tout s'est arrêté une nuit, à vingt ans. Ma première rencontre avec Newton. Depuis, j'ai lu avec passion, je n'avais pas grand-chose d'autre à faire. De la *Vita Nova* aux *Détectives sauvages*, aucun écrit autobiographique ne m'a échappé. Ils représentent une part importante de ma bibliothèque envahie par le roman latino-américain, espagnol, catalan. Je n'ai rien contre les poètes. Je voue à Juarroz une dévotion totale. J'ai beaucoup rêvé d'écrire depuis quelques années, comme si je voulais m'intercaler entre deux livres de ma bibliothèque, Casanova et Celan, mais une superstition m'en a empêché. Un homme sans visage est un pronom indéfini.

Une autobiographie semble être le récit d'une vie bien remplie. Une succession d'actes. Les déplacements d'un corps dans l'espace-temps. Aventures, méfaits, joies, souffrances et fin. Ma vraie vie commence par une fin. Vingt ans ne comptent pas lorsqu'on ignore que tout va s'arrêter là. Pourtant je n'ai pas l'intention d'écrire un premier roman pour faire le récit de mes amours, de mes angoisses inconsistantes, de mon agitation, de mes nuits d'ivresse. Autant lire la vie de Jackson Pollock ou celle de Newton. J'écris uniquement pour comprendre comment une autre fête peut se trouver au centre de l'espace vide.

Au début j'ai cru les médecins, mais la chirurgie réparatrice n'a pu enlever à mon visage son style cubiste. Picasso m'aurait haï car je suis la négation de son invention. C'est à croire que lui aussi m'aurait rencontré à la gare de Perpignan, le centre de l'univers selon Dalí. Je suis une photo bougée qui pourrait faire penser à un visage. Depuis l'accident, personne, à l'exception des enfants dont la fascination pour les monstres est bien connue, ne m'a regardé plus de trois secondes.

Cette nuit-là, Sandra est morte lorsque la voiture s'est écrasée contre un platane. Sa peau est la dernière que j'ai eue contre la mienne, son regard, le dernier regard amoureux qui ait agrandi ma pupille. Alors qu'elle avait détaché sa ceinture de sécurité pour s'assoupir la tête posée sur ma cuisse droite, un cerf est apparu, hypnotisé par les phares comme j'étais hypnotisé par son apparence mythique. La 4L a fait une embardée fatale. Nous étions ivres, nous venions de fêter ma maîtrise de mathématiques. Lorsque je suis sorti du coma, une nouvelle vie a commencé. Une longue expérience de la solitude, tout cela à cause d'un cerf surgi de la forêt, les naseaux fumants !

J'avais tout pour réussir. Mes professeurs me prédisaient l'avenir le plus brillant, j'avais une sorte de facilité mathématique qui me permettait d'accéder parfois à un niveau de compréhension bien supérieur à celui de la maîtrise. Aujourd'hui, je donne des cours de maths sur le net et fais quelques petits travaux de comptabilité. Cela me permet de vivre sans imposer mon visage.

Ce matin, 4 septembre, ma nouvelle vie commence. L'un de mes seuls plaisirs jusqu'alors était de déménager souvent. Découvrir une nouvelle ville. J'ai vécu à Barcelone, à Nice, à Naples et aujourd'hui je vis à Gênes. Mon père est né en Catalogne. Ma mère est piémontaise. Mon exode vers le sud est génétique. Un élément suffit : une odeur, un paysage, un son pour que je me sente chez moi. Ma mère était professeur de mathématiques, mon père ingénieur. Ils n'ont pas réussi l'équation de leur vie. La passion n'a pas survécu à leurs divergences politiques. Ma mère est retournée vivre à Turin, mon père à Perpignan. Moi, j'ai besoin de voir la mer, l'infini, les paquebots.

J'habite près du port. Mais c'est à Venise que j'aurais dû vivre. Là, je pourrais porter un masque presque toute l'année. On me prendrait pour un excentrique, un esprit qui se serait abandonné à la folie du carnaval et la ferait durer le temps que son masque de carton se flétrisse sous la pluie. Je me souviens d'avoir vu une émission de télévision où Aragon portait un masque blanc. J'ai toujours été impressionné par cette alliance de futilité et de courage.

Tout ce que je possède, à part les livres, tient dans une seule valise. Quand mes vêtements sont usés, je les jette et en achète d'autres. Pour déménager, je loue une camionnette qui se transforme en bibliothèque. J'aurais pu être trafiquant. Personne n'ose me poser de question ou m'interpeller. Mes élèves me suivent sans savoir que je me déplace sans cesse. Aujourd'hui, j'aspire à une plus grande légèreté. Si je pouvais abandonner ma bibliothèque à une institution, m'en aller le cœur aussi léger que mon bagage ! La prochaine étape du dénuement.

Une fois évaporée la nécessité de posséder un être, les objets perdent leur valeur affective. J'en ai bien quelques-uns : des photos de moi enfant et adolescent, le beau regard sombre de celui qui déjà ne semblait pas croire au monde qu'on lui tissait, ce monde où l'imprévu était banni. Cette triste ligne droite n'existe plus lorsqu'on contemple la mer dont on voit la courbure à l'œil nu. C'est peut-être la raison de mon attachement aux vastes étendues d'eau et de ciel. Mon père était une ligne droite, ma mère une courbe.

Une longue-vue ancienne en cuivre, achetée dans un magasin du port, est la pièce centrale de mon trésor. J'ai toujours remercié le ciel de ne pas avoir perdu l'un de mes sens. C'est peut-être ma chance. Quand on ne peut rien faire, la sensibilité s'exacerbe et ouvre un autre territoire, moins précis, où l'on peut sentir, goûter, voir et rêver en se délectant d'une couille de taureau, plat barbare entre tous, que le Catalan se fait un point d'honneur de déguster.

Je suis à l'aise dans mes vêtements. Ils sont élégants. Deux costumes sombres bien coupés. Deux paires de chaussures, l'une en cuir souple qui favorise la marche. Je porte chemise et cravate même dans la solitude. Il n'y a chez moi aucun miroir, je sais me raser au toucher et je suis obligé de regarder le monde depuis ma terrasse sur les toits. Parfois je me promène la nuit, surtout en hiver où le chapeau et le cache-nez, objets précieux s'il en est, me permettent de passer relativement inaperçu. Parfois j'entre dans un bar. Les ivrognes me regardent à deux fois, incertains du territoire brumeux qui sépare l'hallucination éthylique de la réalité objective. Mais mon lieu de prédilection reste le cinéma. La liberté d'y être un corps non scruté et de sentir la chaleur des humains tout entiers projetés vers la toile où surgissent les rêves. J'aime aussi la musique répétitive et obsessionnelle.

Je bois plus que de raison, par périodes en tout cas, l'été surtout. Mon père était alcoolique, j'ai ça dans le sang. Les chirurgiens disent que cela a gêné la cicatrisation. Je surfe sur le net, commençant des idylles qui n'aboutissent jamais. Le besoin de séduire ne m'a pas encore quitté mais je ne peux envoyer ni photo ni description de moi-même. Ces échanges me touchent. La grâce du langage se délie, aboutit parfois à des moments intenses. J'ai souvent rêvé qu'un jour je dirais mon infirmité à une femme, qu'elle viendrait me trouver, oserait me regarder et m'aimer. Mais je comprends la peur et le dégoût, même si tout visage se décompose un jour. Je ne sais s'il existe des êtres libérés de la peur viscérale de voir quelqu'un qui semble déjà dans sa tombe.

Au lycée, j'avais un ami difforme. Son corps semblait avoir été brisé par un tortionnaire franquiste ou un inquisiteur du Moyen Âge. Malgré cela, il avait un charme, son visage ne laissait pas les étudiantes indifférentes. Il s'est marié, il a eu des enfants. Seule l'absence de visage semble insupportable.

Avec lui, je pouvais parler de ma souffrance. Il la comprenait. Lorsque nos vies se sont séparées, il m'a manqué. Il enseigne aujourd'hui dans une université belge. Il m'a parlé d'un excellent chirurgien qui pense pouvoir faire quelque chose pour moi, pour mon nez désastreux surtout, mais mes expériences passées m'ont enlevé à jamais le désir de tenter quoi que ce soit. Mon ami est allé jusqu'à me dire que j'aimais mon isolement et que je manquais de courage. Touché par sa perspicacité, je pense aujourd'hui qu'il avait raison. Il y a une sorte de confort dans ma solitude ou peut-être pis, un orgueil, une habitude. Je déteste ce mot. Personne ne peut vraiment comprendre. Pourtant, l'idée du suicide ne m'a jamais obsédé.

J'y ai pensé une seule fois. J'avais même acheté une arme après que huit mois de correspondance sur Internet avec une jeune femme eurent tourné court devant mon refus de la rencontrer. La pudeur de ne rien dire a été la plus forte. Mutisme et mort. Voilà comment je voyais les choses.

Je pense souvent à Pedro Almodóvar. Je ne sais pourquoi, mais je l'imagine dans dix ou quinze ans, âgé, fatigué de décrire son monde, totalement désabusé, errant dans la ville à la recherche de quelque chose de nouveau. Je l'ai croisé une fois, à Barcelone, il était entouré et ne m'a pas vu mais, cette nuit-là, j'ai eu la certitude qu'un jour je serais le héros de l'un de ses films. Il aurait cette étendue de regard dont je rêve, qu'on voit à travers le désespoir et l'énergie de ses héros. Et moi, je serais là, devant l'œil implacable de sa caméra. Il aurait écrit l'histoire de cet homme invisible. Wells a dû le faire rêver dans son adolescence. Ou Bogart qui enlève ses bandages après s'être fait faire un nouveau visage pour échapper à la justice et prouver son innocence, soutenu par Lauren Bacall. La première demi-heure du film montre le monde vu par Bogart en caméra subjective. Puis il enlève ses bandes devant le miroir et se découvre, se palpe, dans cette scène magique des *Passagers de la nuit* de Delmer Daves.

Almodóvar m'écrit un scénario. Il filme le combat violent d'une ébauche de femme, faite de feu et de sang, qui peu à peu est transfigurée par l'amour du sans-forme. J'ai vu tous ses films. Je sais que je suis son ultime création bien qu'en quelque sorte j'existe déjà. On verrait mon visage à travers son visage. On comprendrait comment les formes jetées dans l'espace deviennent des atomes. Chaque atome alors se suffirait, il n'y aurait de désir que d'un atome à l'autre. Ce serait l'aire d'une jouissance sidérale à laquelle tout pourrait participer.

À part cela, toute harmonie est utopique. Nous baignons dans l'horreur. En cet instant, mon bonheur tient au fait que j'ai échappé à la masse atomique désignée sous le nom de corps. La sensibilité d'un atome n'a pas encore été flairée ou goûtée par les physiciens. Moi, je la touche à l'instant où j'écris ces lignes. C'est la magie de la pensée désincrustée des amalgames provisoires, de tous ces corps qui ne semblent pas savoir qu'ils sont la pointe la plus acérée de l'illusion. Mon goût de la peinture vient aussi du fait que les peintres ont assez regardé le corps pour savoir qu'il n'existe pas. Les écrivains sont obligés au réalisme car ils sortent de leur cartable des images mentales alors que le peintre a le droit magnifique de faire violence à notre imaginaire.

J'ai ma palette en main et je peins ce livre. Je ne ressens pas la contrainte du réalisme. Je sais que les peintres peuvent dire l'espace avec une seule couleur, parfois même avec un coup de couteau dans une surface. Almodóvar est un peintre.

Lui et moi, nous marchons dans les étroites ruelles de Gênes où déambulent les plus beaux transsexuels qui soient. Nous partageons cette fascination. Quel jeu de tromper les chromosomes et de s'inventer un sexe au point d'attirer les hommes ! Ils offrent l'expérience de cet espace, ils sont déjà en flottaison. J'ai toujours rêvé de faire l'amour avec l'un d'eux. Pas celui qui se serait fait opérer mais celui qui serait assez alchimiste dans le sens newtonien du mot pour donner l'illusion et la présence de l'organe indifférent aux dénominations. Le principe d'incertitude est plus excitant que toute réalité définie.

Almodóvar ne me maquillerait pas. Il me filmerait tel quel, avec les traces roses calligraphiées par la traversée des plans invisibles. Il a un peu de peine à marcher. Il faut que je l'emmène dans l'infini.

— Pedro, tu me suis ?

— Installons-nous à cette terrasse. J'ai les dix premières pages du scénario.

— Qu'est-ce qui te gêne ?

— Le cerf... Je ne vois pas le cerf... Tu peux me le décrire ?

— Les bois étaient comme les racines d'un arbre à l'envers.

— Ah... d'accord... maintenant je le vois.

— Tu veux le mettre au début ?

— Non, on se fout de la chronologie. Le cerf est un élément important. Quand Lisa découvrira ton visage la première fois, je veux qu'il soit dans la pièce. Il sera un peu coloré. Rose peut-être... C'est comme un personnage mythique... Il sera au générique.

— Tu bois toujours de l'eau ?

— Quand je travaille.

Nous levons les yeux. Un jeune transsexuel nous montre sa langue. Une belle langue très rose et vibrante. Pedro ouvre de grands yeux.

— Tu t'appelles ?

— Lisa.

— C'est bien elle, je la sentais arriver. Tu es d'accord ?

— Et ton actrice fétiche, Bibi Andersen ?

— On rêve en ce moment. Cette fille m'inspire, c'est l'essentiel.

— Lisa, tu baiserais avec mon copain ?

Almodóvar sort une liasse de billets de son jean et la tend à Lisa qui me regarde étrangement. Elle prend l'argent. Elle n'hésite pas vraiment. Il se passe autre chose. Elle communique avec mon regard. Elle cherche l'espace dans ma pupille.

Une gravité s'étendant jusqu'à l'orbe de la lune

Lisa m'emmène dans une chambre qui ressemble à un bonbon rose et vert plein de miroirs. Elle m'enlève mon chapeau, mon écharpe, les pose sur des bois de cerf, me couche sur le lit et me regarde. Je peux lire l'émotion qui circule dans son regard mais aussi dans ses muscles qui vibrent subtilement. C'est une sorte de rituel ou d'épreuve. Elle me contemple comme on contemple une œuvre picturale ou une photographie dérangeante. Sa fascination me fait penser qu'elle ne voit pas l'être humain mais l'absence de forme, le vide qui tente de donner l'illusion d'un masque. Le conformisme de vouloir qu'un visage suive certains critères d'harmonie comme si l'on ne reconnaissait pas la foudre et les nuages comme inhérents au ciel. Puis elle avance sa main droite qui flotte au-dessus de mon front et descend. Je sens la chaleur avant qu'elle ne me touche, la main, potelée, aux doigts courts, la peau douce. Lisa caresse mon visage.

— Le problème est que la plupart des mecs, il leur manque les yeux. C'est comme une vitrine avant que les étalagistes y mettent quelque chose, une ouverture qui ne t'attire pas. Tes yeux sont comme un bijou dans une vitrine de velours, tu sais, cette pierre noire, luisante, parfois dorée, que j'adore.

— L'obsidienne ?

— C'est ça. Moi, à part les yeux, je ne vois pas grand-chose, enfin... il y a quand même ça, dit-elle en faisant un clin d'œil en direction de mon sexe. Je suis dans cette ruelle tous les soirs à partir de onze heures jusqu'à cinq heures du matin ou au petit café en bas. J'aimerais que tu viennes me voir tous les jours pour m'offrir tes bijoux, on pourra parler, passer un peu de bon temps. Tu travailles ?

— Sur Internet.

— Moi aussi. Va voir mon site, me dit-elle en sortant une carte de son minishort et en la glissant dans la poche de ma chemise.

— Si tu me regardes assez longtemps, tous les jours, je crois que mon visage va se transformer. Je pense que c'est possible. Je vois ça comme une chirurgie subtile. Rien n'est fixe, tout est en mouvement dans l'Univers, les formes sont des passages transitoires. Dès que tu détournes le regard, elles prennent d'autres apparences. Normalement, personne ne devrait reconnaître qui que ce soit. Je regarde beaucoup le visage des autres et j'ai remarqué que chaque nuit il y a comme un processus mystérieux qui fait que tout se déplace imperceptiblement. Ça dépend de l'humeur, des émotions, des rêves, mais nul ne le sait vraiment. C'est cette fixité que chacun pense avoir qui tisse lentement l'illusion générale. C'est ce qui consume le monde. C'est la violence première. Chacun prend soin de sa fixité et entretient celle des autres. Finalement, ce qu'on attend c'est que tu sois toujours la même. Toi, tu as brisé consciemment cet enchaînement, moi par accident.

— Ta peau est si douce, un peu claire, on voit que tu ne sors pas souvent. Il faut prendre l'air, mon chéri, marcher. Un jour, je t'emmènerai au bord de la mer dans un petit village que je connais très loin d'ici.

— La nuit, à Barcelone, je me promenais près du port et je longeais la plage le plus près possible des vagues en faisant attention de ne pas trop m'approcher des couples qui étaient couchés dans le sable. J'en ai effrayé quelques-uns.

— Moi je te montrerai un coin où il n'y a pas de lumière. Tu vois bien les étoiles et la lune. Quand je suis triste, c'est là que je vais en imagination et je pleure pendant des heures, parfois dans l'eau, tu parles ! Je n'ai jamais réussi à faire monter le niveau de la mer d'un millimètre. Ce n'est pas une souffrance sérieuse !

— Une larme suffit à faire monter le niveau

de la mer. Ce n'est pas mesurable mais c'est réel.

— Avec toutes les larmes du monde, il ne devrait y avoir que des îles, les neuf dixièmes de la planète devraient être submergés !

— Nous sommes sur des îles, toi et moi on le sait. Si personne n'arrête le déluge, on sera noyés.

— On devrait construire un bateau.

— À quoi bon s'il n'y a plus de port ?

— On vivrait sur le bateau, à fumer des cigarettes turques, à boire, à chanter toutes les chansons tristes que les hommes ont inventées.

— Tu en connais beaucoup ?

— Une copine m'appelle « La muse de la chanson triste ».

— Tu m'en chantes une ?

Lisa commença de sa jolie voix de fumeuse à lâcher un à un les mots de Vinicius de Moraes. Un baiser d'une minute qui se transforme en éternité. Les morts inutiles. Un désespoir de corps qui ne peut cesser d'onduler même dans la souffrance. Une douceur de fond comme on dit « un coureur de fond », qui traverse les couches de peau et de muscles pour atteindre l'espace mystérieux du dedans, cette mer où flottent les organes.

— J'y suis...

— On peut entrer dans ta peau, c'est ouvert. Quand je touche les hommes, j'ai toujours l'impression de glisser à la surface. Il n'y a rien de plus glissant qu'un homme.

Lisa me fait rire. On s'assied sur le lit, on fume une cigarette turque écœurante. Je sens des ondes sur ma peau.

— Tu veux un verre de liqueur de pomme verte, c'est ma drogue.

On a bu. Lisa m'a montré la photo de son amant. Un costaud un peu bedonnant qui tenait un harpon sur lequel était empalé un poulpe. Une sorte de Neptune civilisé.

— C'est un cuistot, il fait des plats de mer délicieux. Si tu veux, un soir, on peut aller dîner chez lui mais il est assez jaloux, il n'aime pas que je me fasse enculer par n'importe qui. Mais toi ça ira, tu as une gueule d'innocent.

Soudain, je me souviens du son de la voix de Sandra, la première fois que nous nous sommes parlé au téléphone, une voix assez sombre et vibrante. Nous avions un dialogue étrange sur le fait que nos corps pouvaient flotter dans l'espace et se rejoindre. C'est elle qui m'a appris les qualités galactiques de mon image corporelle qui pouvait agir sans la limite de la corporalité. Le désir intense suffisait à nous unir. Ma peau se décollait et partait au loin jusqu'à l'instant où elle touchait la sienne. Nous nous rappelions ensuite pour vérifier que la jonction sidérale avait bien eu lieu. Nous parlions des détails, par exemple qu'elle avait d'abord senti mes lèvres sur son épaule puis que mon ventre avait touché le sien. Le côté droit de mon visage avait effleuré sa joue. Puis toute la pression de mon corps à laquelle elle s'ouvrait. Nous tombions toujours juste.

L'imagination elle-même ne cesse d'effleurer les objets et de les rencontrer dans l'espace comme si toute forme était une fiction qu'une conscience était chargée de perpétuer. L'immense orgueil des humains s'attribuant la seule conscience. Moi, j'ai vu des équations me regarder. J'ai senti des galets tenter d'entrer en communication, j'ai frémi de l'obscurité qui m'entourait et me gardait comme un vaste manteau de laine lors d'une nuit glaciale.

L'impossibilité ou la difficulté de communiquer avec les hommes m'a ouvert la sensibilité. J'ai compris que mon cerveau gardait l'entrée du mystère comme un pitbull bien dressé. Depuis, je laisse le champ d'investigation ouvert. Pour moi, la science ne se limite pas au fonctionnement cérébral. Elle inclut le corps tout entier, et, lorsque je lis les mathématiciens, les physiciens, je sens la part dégagée du mental qui veille et vient en un sursaut féconder l'imagination. J'adore l'invérifiable ou du moins tout ce qui reste une hypothèse en attente d'un esprit lumineux. Les mathématiques ne sont pas une science exacte, c'est ce qui me fascine. J'aimerais mettre en équation le désir, la créativité, l'audace, la peur, l'intrépidité, la solitude. Je vois un amphithéâtre plein d'étudiants passionnés cherchant à résoudre le théorème du désir. Je contemple des corps désirants qui trouveraient en eux, dans leur chair, dans leurs cellules libérées de la pesanteur exacte, la clé du mystère. J'aimerais qu'un jour la médaille Fields, l'équivalent du Nobel pour les mathématiciens, soit décernée à celui qui aurait résolu l'équation du désir, de la folie ou celle de l'acte créateur. Pour changer, pour en finir avec le jugement de Dieu, comme disait Artaud. Si les mathématiques envahissaient le champ stellaire, l'invention ne serait plus limitée. Parfois, j'écris des équations comme un compositeur jette sur le papier les notes les unes après les autres, comme un paveur découpe son morceau de granit qui prend sa place sans le moindre heurt.

Parfois je rêve que le parfum d'une femme croisée la nuit dans une ruelle devient une équation dans l'espace et pénètre mon cœur. Et ce soir, grâce à Almodóvar, une équation est née.

On m'a contemplé, on m'a touché, les mots se sont glissés sous ma peau. Lisa, je suis en vie !

C'est l'esprit subtil qui recherche les recoins les plus dissimulés de la matière grossière

Mon père pensait que la science révélait l'existence de Dieu, ma mère souriait en profonde athée. Moi, le problème ne m'effleurait même pas. C'est le privilège d'être un athée de la seconde génération, toute l'affaire semble simplement absurde. Dieu est admissible sur le plan de la pure créativité. Une invention de la peur. Mon père est de droite, ma mère de gauche. Dire que mon père est de droite est un euphémisme. Bien qu'il s'en garde, c'est un fasciste. Un phalangiste à peine repenti. Tous ses propos transpirent le franquisme. Un jour où nous allions au marché, mon père et moi, nous croisons un individu dont le visage me fait immédiatement horreur, avant que je ne sache quoi que ce soit. Fasciné par son aspect électrique et glacial, je le fixe. Cela attire l'attention de l'homme, qui finit par remarquer mon père. Il s'arrête, sourit, ouvre les bras en notre direction. Mon père le reconnaît. Je sens qu'il voudrait fuir mais l'autre se précipite, lui donne l'accolade. Je reste interdit.

— Tu te souviens ? dit l'homme.

Mon père se dégage, reste muet, me prend par la main comme pour m'entraîner au loin.

— Esteban, ton chef ! On en a coincé, des rouges !

Mon père devient livide, il lâche, d'une voix sans timbre :

— Vous êtes fou ! Je ne vous connais pas !

Il me tire derrière lui, se faufile à travers la foule du marché.

L'homme crie :

— Casas Ros ! C'est bien ton nom !

Ce jour-là, l'univers s'est effondré. Je savais ce qu'étaient les rouges. Ma mère est communiste, fougueuse, italienne. Si elle n'avait pas été si jeune, elle aurait été partisane. Pendant une période, je sais qu'elle a quitté mon père pour retourner en Italie. Je ne comprends pas pourquoi elle est revenue, pour que je naisse ?

Dans la voiture mon père riait nerveusement.

— Il y a des fous partout ! Tu as vu ce crétin !

— Papa ! Il connaissait notre nom !

— Tout le monde me connaît... Tu sais, je vois beaucoup de gens.

Je me murai dans un mutisme blafard. J'imaginais mon père collaborant aux tortures que ma mère décrivait parfois lorsqu'ils se disputaient. Des jeunes hommes et jeunes femmes exécutés, disparus, estropiés.

— Surtout ne parle pas de ça à ta mère, c'est compris ! Il y a déjà assez de problèmes entre nous.

Je ne répondis pas. J'étais parti. Je pensais à l'étendue du ciel. Je volais. Je voyais les miroitements de l'eau sous le soleil. J'étais une mouette qui plane très haut. Parfois il y avait une percée dans le ciel. Un corbeau gigantesque et son cri horrible comme amplifié qui tout à coup devenait langage :

— Fils de fasciste ! Fils de fasciste ! Fils de fasciste !

Le lendemain, dès que mon père est parti, j'ai explosé en sanglots dans les bras de ma mère. Je lui ai raconté l'épisode du marché. Elle a pleuré avec moi.

— J'espérais que tu ne découvrirais jamais ça, mais la vérité finit toujours par éclater. En fait, c'est mieux que tu le saches. C'était un grand poids pour moi. Je te l'aurais expliqué plus tard, quand tu aurais été en âge de comprendre.

Je me souviens d'avoir dit cette phrase :

— Je ne serai jamais en âge de comprendre. Je ne veux plus le voir. Je pars de cette maison. Je prends un bateau. Je disparais !

Ma mère m'a regardé très sérieusement, comme si c'était le moment le plus intense de sa vie. Elle a préparé deux valises. Écrit une lettre. Une heure plus tard, nous étions dans le train pour Turin. Je n'ai revu mon père qu'après mon accident. Mon visage était encore bandé. J'étais bourré de morphine et je ne me souviens de rien d'autre que d'un visage flou et de ces mots qu'il répétait sans cesse.

— J'espère qu'un jour tu me pardonneras, que je pourrai t'expliquer d'homme à homme.

J'avais pensé que cela décrivait bien le fascisme. Une histoire d'homme à homme. Une histoire dont les femmes sont innocentes même si certaines se sont laissé happer par la machine funèbre. Une sorte de grand cercueil où sont enchevêtrés tous les rêves humains, toute la grandeur, l'art dans son ensemble, la science et la philosophie. Plus tard, quand j'étais à la fac, j'ai fait une recherche sur les artistes fascistes et nazis et j'en suis arrivé à la conclusion qu'une idéologie qui produit cet art-là mérite d'être traitée de fasciste. Cela pourrait être le seul critère. Il serait suffisant. Mes copains m'opposaient Drieu, et Céline. Je les ai lus. Je ne les ai jamais aimés. Peut-être pour de mauvaises raisons.

Je suis allé voir mon père sur son lit de mort. Je ne pouvais pas le laisser partir avec cette immense blessure. J'ai écouté ses arguments. Il avait seize ans à l'époque des faits. Un camarade plus âgé l'avait entraîné. Je ne voulais pas discuter. À douze ans, j'aurais choisi l'autre camp. J'ai gardé ça pour moi. Je pense qu'il regrettait surtout d'avoir été pris et de nous avoir perdus. Il ne s'est jamais remarié. Il a vécu seul mais probablement pas assez longtemps pour avoir une vision limpide de l'horreur. Alors je l'ai pris dans mes bras, une grande émotion nous a traversés et je lui ai dit que je lui pardonnais. Sur le moment, c'était vrai. J'ai senti que je le libérais d'un grand poids. Sans cela il n'aurait pas pu mourir. Deux jours plus tard, il s'en est allé, mais je savais qu'on ne peut pardonner certaines choses qu'à ceux qu'on ne reverra jamais. Le pardon, parfois, ne supporte pas la proximité.

En sortant de l'hôpital, j'ai revécu toute la scène du marché, avec la même précision, la même intensité et une vision panoramique qui m'avait échappé. Je voyais l'homme, mon père et moi comme si j'étais Dieu et j'ai compris pourquoi dans une intense souffrance la vision panoramique pouvait créer l'illusion de Dieu. C'est presque une question de géométrie. Nous avons l'habitude de résider dans un corps et nous n'avons que la vision qui émane de ce corps-ci ; mais qu'une grande beauté, une grande peine, nous déplace dans l'espace et Dieu se profile. Ce qu'on appelle les conversions doivent résulter de ce déplacement. La misère même de notre pensée vient de l'espace contigu dans lequel notre cerveau fonctionne. Manque d'air, manque d'infini, absence de perspective maintenue par l'ego qui a la forme d'un rat. Il tire les ficelles. Il engendre la peur. Il nous garde de tout débordement. Les scientifiques, les philosophes et les artistes créent, inventent lorsqu'ils échappent par la pensée ou l'intuition au confinement du corps. C'est ce que la mort de mon père m'a révélé.

Depuis, j'échappe au rat, à ses petits yeux froids et féroces qui attendent dans l'ombre le moindre vacillement de la substance pour nous ratatiner à l'échelle de l'horreur. Le rat est l'animal fétiche du fasciste, son frère des tréfonds, ils en ont tous un dans leur poche. D'autres ont la colombe, le lion, l'éléphant. Mon animal fétiche est la cellule qui compose le corps, je la vois polymorphe, pouvant prendre toutes les apparences du règne animal depuis le plancton monocellulaire jusqu'au dragon mythique.

Ce que j'aime dans le plancton, c'est qu'il est en flottaison entre deux mondes et qu'il jouit à la fois de l'eau et de la lumière. C'est sans doute la vie la plus harmonieuse, la vie à laquelle j'aspire. Une vie si belle que le rêve n'a même pas besoin d'affleurer. Une vie dépourvue de tension. Une vie qui est une mélodie offerte au principe d'incertitude. Une vie qui finit brusquement, dans la dévoration. Un itinéraire parfait : lumière, eau, danse et fin.

Au début, nous nous sommes installés près de Turin, dans un petit village où vivaient mes grands-parents. Ce fut la période la plus idyllique de ma vie. Plus de disputes incessantes.

Ma mère était sereine, souriante. Elle avait une nature profondément terrienne. Elle aimait les collines piémontaises. Chaque jour nous allions nous promener le long d'une rivière qui me faisait penser que nous cheminions au paradis. C'est au bord de ce cours d'eau paisible que mon grand-père et trois autres partisans avaient été exécutés par les Allemands. Je n'arrivais pas à imaginer le crépitement des mitraillettes dans ce lieu enchanteur. Mais, d'après les récits de ma mère, je compris vite que la beauté des collines avait absorbé bien des corps. L'idéalisme avait servi de nourriture à cette terre. Plus tard, en regardant les paysages d'Espagne, de France et d'Italie, je pensais toujours qu'il n'y avait pas de lieu qui n'ait reçu, dans sa douceur automnale ou dans le froid, le corps d'un jeune homme qui aspirait à la vie, qui portait l'image ou la photo de sa fiancée contre son cœur, qui réfléchissait à la folie des hommes avant d'être pourfendu par une lame, lacéré par une balle, déchiqueté par une grenade. Tout paysage portait cette gravité en dépit de la beauté des saisons. Tout paysage avait ses morts suspendus dans les arbres ou couchés sur la terre fumante.

C'est durant ces promenades que l'esprit mathématique a voyagé du corps de ma mère au mien. Nous avions cette étrange communion. Il suffisait qu'elle me tienne par la main ou qu'elle me serre contre sa poitrine douce et opulente qu'elle aimait montrer en portant toujours des décolletés époustouflants. Montrer la naissance de ses seins était comme une affirmation de sa liberté. C'était émouvant et l'odeur de miel qui se dégageait de ces masses fières et flottantes me livrait la solution du mystère mathématique. Ensuite, lorsque nous rentrions, il y avait toujours sur la table une surprise préparée par ma grand-mère qui passait ses jours au fourneau. En sortaient *torta* et gâteaux, raviolis et lasagnes, dans une odeur qui ne cessait de changer au cours des heures. Ma surprise préférée était une sorte de croûte de pâte aux citrons du jardin. Alors, en grignotant, ma mère me proposait un problème, et jusqu'au soir les nombres se mettaient à danser dans ma tête et à se manifester sur le papier. Je me souviens que, le jour de ma maîtrise, j'ai su que je l'aurais sans peine à la seconde où l'odeur de la croûte au citron m'est venue au milieu de la salle qui sentait les baskets mouillées.

Nous parlions peu de mon père. Non que nous nous efforcions au silence mais plutôt parce que la conversation ne venait pas naturellement. Nous sommes restés huit mois en Italie, puis nous sommes revenus en France où ma mère a trouvé un poste dans un lycée. Mais toujours nous retournions au pays passer une partie des vacances. Un peu de mer, un peu de terre. Le parfait équilibre pour rêver.

Des tourbillons vers les étoiles centrales

Cette nuit, dans la tiédeur des ruelles, je bois un verre de vin blanc frais, installé dans la pénombre. J'aime regarder les corps qui se déplacent, entendre des fragments de conversation, observer des gestes, des expressions du visage. Un couple s'embrasse à l'ombre d'une porte cochère. Ils sont à six ou sept mètres de moi. J'entends leur respiration haletante. Ma peau perçoit leur désir. Ils doivent avoir vingt ans. Pressée contre le bois, la fille a de longs cheveux noirs frisés. Du garçon, je ne vois que le dos.

Je bois à petites gorgées et me demande pourquoi la forme a tant d'importance. On tombe toujours amoureux de la forme, mais la forme n'est que l'apparence de quelque chose d'autre. Pourquoi ne peut-on pas tomber amoureux de l'essence ? Je me console en me disant que la forme révèle l'essence et que l'essence aime la forme. Je pense à Lisa. À cet étrange couple que nous commençons à former. Que voit-elle à travers le voile de mon visage, que sent-elle ? La théorie du chaos ? Les systèmes complexes ? C'est ce qui me fascine chez elle, Lisa est le système complexe, je suis le chaos. Comment nos essences entrent-elles en communication ? Peut-être par l'aspect indéfini de son appartenance. Je ne sais pas si elle est opérée. Elle passe comme par enchantement.

— Tu me fuis ?

— Il est tôt, j'attendais le moment.

— Tu ne m'as pas vue arriver ?

— Je pensais à toi.

— Menteur...

— Vraiment... Assieds-toi.

Lisa porte une minijupe de cuir bleu. Elle a de longues jambes et son bustier en strass laisse voir ses seins. Je ne l'avais pas vue sous cet aspect dynamique et sexuel l'autre jour. Elle demande un martini au serveur, m'embrasse sur le front et allume une cigarette.

— Je te manquais ?

— Je me demandais si tu étais opérée.

— J'aime ma bite. Je n'ai pas envie de l'enlever.

— Tu aimes jouer sur les deux tableaux ?

Lisa rit.

— Est-ce que tu imagines qu'on pourrait tomber amoureux de ce qui ne se voit pas ?

— Tout se voit. Quand je regarde tes yeux, je vois, je sens ce qui est caché.

— Et si je n'avais pas d'yeux ?

— Tu n'as pas grand-chose, alors c'est pas la peine d'enlever les yeux. Enfin sur le visage... Le reste a l'air assez bien fait...

J'aime que Lisa ose me parler de mon chaos. Les autres évitent toujours, comme si je n'existais pas. L'homme sans tête. Lisa doit avoir vingt-cinq ans. Un air un peu hautain, de belles lèvres et des yeux brillants comme de la nacre dorée.

— J'ai fait un drôle de rêve cette nuit. Je te faisais un masque qui était si parfait que personne ne pouvait le voir. On était sur une barque au milieu d'un lac, je te donnais le masque, tu le posais sur ton visage et le masque s'intégrait à ta peau, disparaissait et soudain tout se mettait à bouger. Le masque était devenu vivant, dit Lisa en me caressant le visage.

Dès qu'elle me touche, je sens toute la peau de mon corps, je sens ma colonne vertébrale, la plante de mes pieds qui fourmille.

Nous sommes couchés sur son lit rose, une chanteuse brésilienne fait danser les atomes et les bruits de la rue se mêlent à la nonchalance générale. Lisa sait que je n'ai pas envie de me déshabiller. Elle brûle de me montrer son corps. Tout passe dans un regard. Les volutes de fumée se déroulent dans la lumière orangée.

— Tout à l'heure, tu voulais dire qu'on pourrait tomber amoureux quelle que soit la laideur du corps de l'autre ? Aimer une sorte de maquette grossière de corps ?

— C'est la question que je me posais.

— Tu sais, moi je fais l'amour avec des maquettes de corps, ou avec des assemblages d'organes qui n'ont pas vraiment conscience d'être dans le même sac de peau.

— Tu n'as jamais de dégoût ?

— Au début, c'était difficile. Mes copines me disaient : Pense à la mer, au désert, au ciel. Mais moi je ne baise pas avec le ciel. J'ai essayé mais ça ne marche pas. Enfin de temps en temps, quand je suis vraiment détendue.

— Tu as trouvé une solution ?

— Oui. Je plonge et je ne regarde rien d'autre que ce qui est sous mes yeux. Tu n'aimes pas ma musique ?

— Si, mais mon truc c'est la techno. C'est une musique de dissolution qui m'aspire.

— Moi je préfère les paillettes, la douceur et les mots qui parlent de l'amour, de la passion, de la *saudade.*

Je glisse vers Lisa, elle prend mon visage contre ses seins et me caresse la tête. Je pourrais rester là un siècle. Sans penser, sans espérer, sans bouger. Je l'enlace. Elle est si jeune. Le corps souple et doux. Elle ne devrait pas se parfumer car sa peau exhale des essences inconnues. Je pose une main sur son ventre, passant sous le bustier. Ce n'est pas un ventre d'homme. Les muscles respirent, laissent les doigts toucher la chair sous la peau. Au-dessus du lit, il y a un poster représentant des pyramides égyptiennes. Je les regarde à l'envers, ce qui me transporte dans une géométrie où la solitude est enfin élastique. La rigidité du cœur est physique. Elle s'insinue peu à peu lorsque manque le contact d'une autre peau. Il y a presque quinze ans que je n'ai pas fait l'amour.

— Tu veux me noyer ?

Lisa me donne des kleenex. Cela fait des années que je n'ai pas pleuré. Les heures coulent.

— Il faut que je bosse un peu.

Je marche sur le bord de mer, près des bateaux. Mon corps est plus léger. De retour chez moi, je lis mes mails en mangeant une pomme, regarde quelques devoirs de mes étudiants, mais c'est comme si les équations étaient lourdes ce soir. Elles n'arrivent pas à s'intégrer à mon esprit. Elles glissent, me sortent par les oreilles. Je fais défiler toutes les photos de Sandra. Non dans la stupeur, l'émotion sectionnée, mais avec une douceur qui permet à son visage et à son corps de sortir de l'écran. Sandra voulait devenir photographe. Elle avait un don. Elle se photographiait elle-même sous toutes les coutures. J'avais sept cent huit photos d'elle et quatre cent cinq photos de nous. De quoi plomber mon disque dur, d'autant que les programmes mathématiques sont volumineux.

Les photos forment un film. J'ai lancé un diaporama pour que chacune occupe l'écran quatre secondes. Cela donne l'illusion du mouvement. Lorsque je suis un peu ivre, je vois son visage bouger. Elle me sourit. Il m'est même arrivé de l'entendre rire.

D'un simple clic, je peux ralentir le rythme, fixer une image. Sandra aimait la nudité. Elle aimait photographier tous les recoins de son corps. J'avais à ma disposition des centaines de fragments interdits et délicieux. Elle m'avait fait jurer qu'en cas de séparation je ne ferais pas circuler les photos. Une série de portraits saisissants. Sandra avait une claire conscience picturale de son intensité. Elle savait à quelle seconde prendre la photo. Elle aimait tous les corps, même ceux des vieillards. Ses amis lui servaient de modèles. Elle aurait pu devenir une grande photographe. Il lui aurait fallu encore dix ans. Elle ne les a pas eus. À cause d'un cerf et d'un moment d'ivresse.

Je pense parfois qu'elle a été la plus chanceuse. Comment aurait-elle réagi si les rôles avaient été inversés ? Elle se serait peut-être suicidée ou serait devenue une grande portraitiste. Donner aux visages la densité que le sien aurait perdue. Elle était si belle que je ne peux l'imaginer sans visage. Et si j'avais survécu, est-ce que j'aurais pu continuer à aimer le sans-forme, l'essence ? Elle l'aurait fait. Les femmes sont tellement plus courageuses que les hommes, dérisoires, eux, en toute chose.

L'infinité de l'étendue a pour perfection celle de ce qui est étendu

Une partie de la beauté d'une proposition mathématique tient au fait qu'il n'est pas toujours possible d'en faire un théorème, c'est-à-dire de la démontrer comme étant vraie. C'est ce que nous appelons « L'indécidable ». L'indécidable est le camarade de bord de l'incertitude. Dès que ma mère m'a fait pénétrer ce mystère, je devais avoir quinze ans, elle a libéré ma pensée mathématique, puis ma pensée en général, du dogmatisme lié à la certitude. J'ai commencé à voir et à sentir qu'en toute chose il y avait autant de possibilités que de synapses dans le cerveau assurant la fluidité des données et leur compénétration. Il y a environ cent milliards de synapses. Cent milliards de possibilités et parfois je vois mon visage comme l'une de ces possibilités. C'est la grande leçon de ma mère et, sans elle, je n'aurais probablement pas supporté ma solitude. Disons plus simplement qu'elle aurait été stérile.

J'adorais ces heures passées à la grande table

de son bureau où les étagères ployaient sous les livres. Ces heures où nous étions liés par la passion mathématique et où elle me dévoilait un à un les arcanes de cet univers mental. Ma mère insistait beaucoup plus sur ce que pouvait être l'esprit d'un mathématicien que sur l'instrumentation. Je l'entends me répéter : « D'abord l'esprit, ensuite la technique affleure d'elle-même. » Ce que j'aimais aussi dans ces moments d'intense partage, c'est que ma chaise était collée à la sienne, mon corps au sien. Soudés par la chaleur des nombres dansant dans l'espace. Ma mère adorait le tango. Elle faisait souvent des rapprochements et disait que les deux corps, celui du mathématicien et celui de l'espace mathématique, devaient être comme deux danseurs pour qu'il y ait parfaite adéquation. Lorsque nous avions levé un mystère, elle me passait un disque. Nous l'écoutions assis l'un près de l'autre sur le canapé, parfois nous dansions. J'aimais le tragique des mots allié à la suavité de la musique. J'aimais que les mondes se touchent, celui de la pure abstraction et celui du langage corporel. À la fac, j'étais toujours étonné de l'absolue cérébralité de la plupart de mes camarades. Certains allaient même jusqu'à la détestation du corps, devenant de purs ascètes. C'étaient des mathématiciens raisonnables et ennuyeux.

J'ai toujours aimé les excès en tout genre comme si mon corps et mon esprit ne pouvaient se satisfaire de cette nourriture raréfiée que consommaient les autres. Quand tout le monde s'arrêtait, satisfait, je trouvais mon second souffle.

— Voilà Antoni qui part dans son délire !

J'entendais souvent cette phrase. L'un de ces délires m'a rendu célèbre et a assuré mon succès auprès des filles. J'avais toujours quinze ans. J'étais amoureux de Caroline, une belle blonde distante qui faisait du cheval. Les filles qui font du cheval sont toujours distantes. Sans doute l'orgueil de maîtriser ces centaines de kilos de muscles et de nerfs. Des filles riches la plupart du temps. Elle se faisait conduire à l'école par le chauffeur de son père dans une splendide voiture bleu nuit, une voiture anglaise, une Bentley je crois. Je lui envoyais des lettres, je lui téléphonais, elle restait toujours sur son piédestal avec des phrases du genre : « Je vais voir si mon emploi du temps me permet de te voir. » Cela me glaçait mais ne faisait que rendre mon incandescence de moins en moins supportable. Tous mes copains me disaient de laisser tomber. Personne n'avait jamais réussi à l'embrasser. Mais c'était ma première passion sérieuse et j'étais catalan d'esprit et de nom. J'aimais l'arrogance de son regard et le fait qu'elle n'avait pas peur de fixer les garçons jusqu'à ce qu'ils baissent les yeux ou rougissent. Cela m'excitait terriblement. Un jour, à la sortie du lycée, elle me dit :

— Antoni, tu m'auras jamais !

C'est à la suite de cette déclaration que j'ai accompli ma folie. Caroline habitait à quelques kilomètres de chez moi. J'ai décidé d'employer le nombre de week-ends qu'il faudrait pour faire ce trajet en marchant sur les mains. J'étais bon gymnaste. Je me suis acheté des gants. J'avais mon club de supporters, filles et garçons. Le 19 avril 1987, en plein week-end de Pâques, je me souviens de la date, je suis parti de chez moi avec un T-shirt sur lequel j'avais écrit : « Caroline, je t'aime. » En lettres rose fluo et à l'envers pour que tout le monde puisse lire. Mon T-shirt était coincé dans mon jean pour qu'il ne me tombe pas sur la tête. Je me suis mis en route. J'avais ravitaillement, équipe de fans, un troupeau de badauds ahuris auxquels mes amis expliquaient l'ambition de ma démarche.

Lorsque j'étais fatigué, je m'asseyais par terre ou sur un banc. Je reprenais mon souffle, un peu de vitamines et d'encouragements et je repartais. De week-end en week-end, la foule se faisait plus compacte. Je suis même passé aux informations télévisées. C'est très dur de marcher sur les mains quand on est amoureux. C'est comme si le sang refusait de descendre du cœur à la tête. Cela fait un drôle d'effet sur les organes internes qui n'ont pas l'habitude de flotter à l'envers. Les bras et les épaules souffraient. Les jambes se reposaient. Pendant la semaine, des copains me couvraient de baume du tigre. En un week-end, j'étais devenu un héros.

Je ne vis pas une seule fois Caroline sur mon parcours. Elle devait se contenter des rapports de ses copines. Peut-être m'observait-elle de loin. Les gens me parlaient. Les flics me regardaient traverser les rues. J'ai eu droit à une vérification d'identité, à un contrôle d'alcoolémie. Ils voulaient savoir si j'avais fumé, pris des « substances ». J'étais fou d'amour ; c'était ma seule drogue. Ils ne trouvaient pas la raison satisfaisante. Tout le monde parlait du malade qui traversait la ville sur ses mains. Personne n'était au courant de ma destination. Une religieuse enthousiaste me demanda si j'allais à Saint-Jacques-de-Compostelle. Un restaurateur me proposa de porter un T-shirt au nom de son entreprise. J'aurais presque pu être sponsorisé, participer aux jeux Olympiques, qui sait ? Il semble que la discipline n'existe pas encore. Un vrai chemin de croix de la passion. Une folie ambulatoire destinée à séduire la plus distante des reines de beauté. Je souffrais horriblement des poignets. J'avais de la peine à suivre les cours. Il m'aurait fallu un kinésithérapeute. Mes copains prenaient des paris. Ils avaient deviné que je m'arrêterais devant la maison de l'infante, un hôtel particulier du XVIIIe siècle. J'attendais qu'elle me reçoive en crinoline, s'éventant sur le balcon. J'avais oublié qu'elle passait le week-end avec son cheval, à parcourir les forêts, la bête fumante entre ses jambes musclées. Le doux objet de mon désir en contact avec la selle.

J'aimais le parcours de nuit. Moins de curieux, moins de circulation, moins de gaz de voitures. J'ai passé trois semaines à m'intoxiquer. J'étudiais mon itinéraire mais il y avait toujours le scooter maudit du crétin qui restait à côté de moi le temps de m'observer. Ma mère riait beaucoup. Elle admirait mon geste. Elle avait un lien profond avec les passionnés. Son héros était Ramanujan, un mathématicien indien de génie. Une tête d'anarchiste. Un esprit si pénétrant qu'il parvint à étonner ses pairs anglais les plus illustres bien qu'il n'ait jamais pu entrer à l'université de Madras. Il avait appris les mathématiques avec deux livres fondamentaux et vivait dans la misère, sans le soutien des institutions. Ramanujan crevait de faim et mangeait de l'équation. En 1913, il commença à correspondre avec G.H. Hardy, professeur à Cambridge et la crème des matheux anglais de l'époque. Ils l'invitèrent au Trinity College. Il passa son doctorat, débordant ses professeurs par des avalanches d'intuitions fondamentales. Ramanujan fut élu à la Royal Society, plébiscité par les plus grands mathématiciens anglais et mourut prématurément d'une tuberculose à l'âge de trente-trois ans, à Madras, en 1920. Ma mère avait une photo de lui sur son bureau. Elle l'appelait le Che Guevara des mathématiques. Juste pour énerver mon père qui n'arrêtait pas de lui rappeler que le Caudillo avait sauvé la vie de milliers de juifs. Il n'avait jamais fait alliance avec les Allemands et n'appréciait guère les tenants de la solution finale. Il n'aimait faire torturer et garrotter que ses compatriotes et les communistes des Brigades internationales. Ma mère répliquait toujours : « Et Benito a fait construire les autoroutes, comme son ami Adolf, l'Église était prête à les canoniser ! » Ce qui, je le découvrirais plus tard, ne voulait pas dire exécuter à l'aide d'un canon mais porter aux nues, avec les colombes voletant joyeusement entre les vierges, les saints et les martyrs. Curieux ce goût de l'Église pour les dictatures. La Sainte Alliance. Franco, Hitler, Mussolini, le pape et tous les autres. Le côté « touchant » des dictateurs. Pinochet aimait Franck et Debussy !

Le mystère entourait l'attraction étrange que mon père exerçait sur ma mère. Elle avait dix ans de moins que lui. Ils s'étaient rencontrés en dansant le tango. Un soir, après que nous avions passé quelques heures sur les séries hypergéométriques, la question sortit sans que je l'aie préparée :

— Comment as-tu pu tomber amoureuse d'un fasciste ?

Ma mère fut prise d'une pulsion violente, qui se calma aussitôt.

— Je suis tombée amoureuse d'un grand danseur. J'ignorais tout de lui. Nous parlions peu. Il me prenait contre son corps avec une autorité et une douceur qui annihilaient toute pensée. Nous nous sommes mariés assez vite. Peu à peu, j'ai découvert ses opinions mais je ne savais rien de son passé actif dans la Phalange. Un jour, en faisant des rangements, j'ai trouvé des documents. J'aurais dû partir ce jour-là mais j'étais enceinte de toi. Je ne travaillais pas à cette époque. Alors j'ai essayé de prendre tout ça légèrement. Je considérais qu'il n'avait que seize ans, qu'il avait été influencé par des camarades plus âgés. En fait, pendant toutes ces années j'ai essayé d'oublier jusqu'au jour où tu es rentré du marché. Là, ça n'a plus été possible. J'ai vu que tu n'hésitais pas une seconde, que tu étais vraiment prêt à partir et tout s'est cristallisé, un peu comme si nous cherchions la solution à un problème mathématique et qu'un jour elle apparaisse dans l'instant. C'était un moment très intense pour moi. J'étais si fière de toi !

Le sujet fut clos. On peut marcher sur les mains. Être amoureux de quelqu'un qui vous ignore. Aimer un fasciste. Il y avait une telle syntonie entre ma mère et moi que les différences n'étaient que les franges d'un noyau passionné.

Les corps sont plus denses quand leur inertie est plus intense

Ma vraie vie commence la nuit. Je travaille six ou sept heures par jour. Depuis que j'écris, une nouvelle donnée s'intègre à ma vie. Un emploi du temps aussi. J'aime écrire tôt le matin avant que les conduites d'eau de l'immeuble ne produisent leur musique, lorsque les rues sont presque désertes. J'ai fait ce rêve étrange que je mettais mon livre en équation. Cette nuit, je l'ai vu clairement. Il portait le titre : « Le théorème d'Almodóvar ». Je l'ai adopté d'emblée car je n'ai pas une idée précise de la relation d'Almodóvar avec mon travail, si ce n'est la présence de Lisa qui semble sortie tout droit de l'un de ses films, ou bien l'ambiguïté de ma démarche et ma fascination pour son corps androgyne. J'aime aussi le fait que la rencontre et la collaboration avec Almodóvar sont un fantasme joyeux ; la joie ne fait pas souvent partie de ma vie, comme si elle m'avait été enlevée avec mon visage. J'éprouve des plaisirs très simples qui ne naissent pas de ma relation avec le monde des humains mais plutôt de celle que j'entretiens avec les objets, couleurs, saveurs, sons, toucher et bien sûr la joie mathématique lorsque je passe des heures à me délecter des fractales.

Pour le déjeuner, je me fais toujours monter le plat du jour d'un petit restaurant qui se trouve au pied de chez moi. Je sors avec la nuit. Il m'arrive parfois de l'attendre sur mon fauteuil, comme on attend une amie, en regardant le port. J'aime les grands bateaux illuminés, les mouvements lents, la silhouette des grues et l'infini où le ciel joue avec la mer. J'ai eu la chance de trouver un studio logé sur le toit d'un immeuble et j'ai une petite terrasse avec des arbres et des plantes vertes. C'est là que je passe les longues heures d'été dans la fascination du mouvement des navires et la plainte des sirènes. Je peux rester sans rien faire pendant des heures, le regard perdu. J'ai installé des haut-parleurs. J'écoute *Underwater épisode V* ou Aphex Twin. Ma baignoire est le lieu des rêveries et des intuitions fondamentales. J'aime imaginer où je déménagerai d'ici quelques mois. Il y a tant de ports à explorer. Allez ! C'est décidé, au prochain mouvement vers le sud, je me débarrasse de mes livres. Léger, insaisissable. Comme un oiseau qui passe les frontières sans s'arrêter. Curieux que personne n'ait songé à régenter le ciel.

Avant de sortir, je bois une vodka. J'ai besoin

d'un alcool fort pour descendre mes sept étages et me retrouver dans la rue. C'est toujours une épreuve. Il me faut au moins une demi-heure de déambulation pour me faufiler dans mon rythme. Un peu comme si je marchais dans un autre monde. Un univers parallèle avec d'autres lois, une autre physique, c'est peut-être ça le théorème d'Almodóvar : la puissance du monde divisée par mon incapacité à le rencontrer. Il me faut l'apprivoiser progressivement. Je dois l'effleurer, me glisser à sa surface, le palper comme s'il s'agissait d'un poisson abyssal et monstrueux. Je ne peux pas le découper en tranches et le mettre dans mon assiette. Au début, je rase les murs, je marche vite, je ne donne à personne le loisir de s'attarder sur moi. J'évite les zones trop lumineuses. Les ruelles étroites du port me conviennent. C'est le domaine des chats qui filent vite, des adolescents à la recherche d'un mauvais coup, des prostituées, des transsexuels. J'aime la manière dont ces clandestins de la nuit ne s'appesantissent pas. Il y a une légèreté du désespoir qui me touche. Les contacts sont furtifs et peu bavards, on n'échappe pas à sa misère en s'occupant de celle des autres. Rien à voir avec les assemblées de jeunes sur les places et les terrasses qui refont le monde pour ne pas sentir leur propre souffrance, leur propre solitude.

Tout en marchant, je pense à Lisa. Mon itinéraire change. Je me rapproche du carrefour où elle exhibe son corps, vêtue si légèrement que de loin on croirait une cariatide chargée de soutenir l'invisible temple du plaisir. J'ai une étrange attirance pour elle. Je sens quelque chose qui tremble dans mon ventre, mes jambes vibrent, ma bouche se dessèche rapidement. Elle se tourne dans ma direction comme si elle m'avait senti arriver, ses lèvres épaisses, gonflées au silicone, dessinent un sourire dans l'obscurité, ces mêmes lèvres un peu dures qu'elle presse contre les miennes.

— Je ne t'ai pas vu hier, j'ai pensé que tu avais peur.

— Non, je devais finir un boulot, ça m'a pris une partie de la nuit.

— Tu sais, tu peux venir le matin, on pourrait prendre un petit déjeuner ensemble. D'habitude je vais chez Fausto, c'est là que les croissants sont les meilleurs. On va chez moi ?

Dès que la porte est fermée, je me sens en sécurité dans l'univers du rêve. Les lumières douces et colorées, le parfum de Lisa, épicé et suave, le lit rose. Tout me semble surréel. Les couleurs sont habitées d'une phosphorescence qui vient de mon regard. Une sorte de monde qui procède de sa propre lumière.

Lisa, comme si elle avait senti mon désir, laisse tomber ses vêtements et vient s'allonger près de moi. J'ai la sensation que mon cœur s'étend, que le rythme cardiaque se perd dans les nuées. Je reste habillé. Lisa sourit sans rien tenter.

Mon regard parcourt son corps. Je suis émerveillé par l'arrogance de ses seins et étonné de trouver sur ce corps d'homme des sinuosités féminines. Le ventre n'est pas trop musclé. Les hanches larges. Elle tient son sexe dissimulé entre ses jambes pour que l'illusion soit complète. De sa toison pubienne, il reste un délicat triangle sur la peau dorée. Je m'assieds pour avoir une vue plus plongeante. Lisa se laisse admirer en silence. Un halo vibratoire l'enveloppe. Je vois sa forme au-delà de sa forme. Je vois ce qui émane d'elle. Ce qui palpite autour d'elle, comme si son corps n'était pas contraint par les limites de la peau. C'est un plaisir directement lié à l'invisible qui fait chanceler mon rationalisme. Je crois que je regarde son corps comme elle a contemplé mon visage. Dans cet état de légère hallucination. Mon regard l'excite. Je le vois à la déformation progressive de ses yeux qui s'emplissent d'une lueur lactée et se font plus vagues. La pupille et le cristallin ne sont plus clairement définis. C'est un monde flottant qui gagne les contours. Elle respire plus profondément et soudain, en ouvrant légèrement les jambes, elle laisse émerger son sexe érigé qui frémit dans la lueur orangée diffusée par la lampe de chevet. Lisse comme du marbre, le gland légèrement azuré. Mon regard glisse du sexe à la poitrine et aux yeux. Je passe d'un archipel à l'autre. Ma fascination trace des sentiers incertains sur sa peau. Tout mon corps entre dans une paralysie bienfaisante. Seules mes lèvres sont entrouvertes. Sa nudité me laisse bouche bée.

J'ai dû la contempler plusieurs heures. Son sexe est retombé, gracieusement sur l'aine. Elle a fini par s'endormir. En silence, j'ai remis mes chaussures. Je l'ai couverte et je suis sorti en prenant soin de fermer la porte le plus doucement possible.

Il doit être six heures du matin. J'ai erré dans les ruelles en proie à un trouble électronique. Mes jambes me portaient sans effort. Mes pieds sentaient toutes les irrégularités des pavés. Mes mains caressaient les pierres déjà polies par d'autres mains. Les fontaines ruisselaient dans les profonds méandres de mon ventre. J'avais conscience de mes organes, de la fluidité de mon sang, de la palpitation du cœur.

De retour à mon studio, je vois le jour se lever sur le port de Gênes. Un paquebot glisse vers le lointain. J'arrose mes plantes et j'écoute Magik Johnson. *Love you. Love you. Love you.*

Je prends un bloc et un stylo et dans une sorte de folie numérique je tente de noter l'équation du désir, l'équation d'Almodóvar. J'imagine Ramanujan qui sourit dans l'éther, lui qui était le plus souvent incapable de démontrer ses intuitions fulgurantes. Pourtant je continue. Pourquoi limiter l'espace par le connu ?

Le téléphone sonne. Je décroche, pensant

que c'est probablement ma mère, elle se lève à l'aube. Une voix tremblante, mal assurée.

— Antoni... c'est toi ?

— Oui, qui est-ce ?

— Tu ne vas pas te souvenir de moi...

Immédiatement un nom vient à mon esprit :

— Caroline ?

— Comment m'as-tu reconnue ? Ça fait presque vingt ans...

— Je me souviens toujours de ce que j'ai ardemment désiré et pas obtenu.

— J'ai rencontré Carlos dans un bar, il m'a raconté ton terrible accident et m'a donné ton numéro. Cela fait vingt ans que je pense à toi tous les jours. Personne ne m'a jamais aimée comme tu l'as fait. J'ai été un monstre avec toi.

— Tu l'es toujours ?

— Oui. J'ai peur des hommes. J'ai toujours eu peur des hommes.

— Ta voix est plus douce, pourtant.

— Je suis malheureuse.

— Et les chevaux ?

— Je monte toujours.

— Tu es mariée ?

— Non. Aucun homme n'a pu me séduire après toi.

— Tu veux dire que tu n'as jamais eu...

— Si, bien sûr, mais je t'ai toujours regretté. Tu es le seul homme qui m'ait bouleversée. Encore aujourd'hui j'ai ta photo dans mon agenda... Si je t'avais appelé après ta traversée de la ville sur les mains, tu aurais fait l'amour avec moi ?

— Oui.

— J'ai passé une nuit entière dans la grange, juste après ton arrivée devant chez moi. Je voulais t'appeler. Je voulais me donner à toi mais mon âme était paralysée entre le désir et la peur.

— Et après, pourquoi est-ce que tu ne m'as jamais plus adressé la parole ?

— J'avais peur que tu me détruises. Je t'aimais trop.

— Tu habites où ?

— Toujours au même endroit. Mes parents sont morts. J'ai hérité de la maison.

— Qu'est-ce que tu fais ?

— Des traductions de textes légaux.

— Carlos t'a dit pour mon visage ?

— Oui, je sais.

— Je te ferais horreur.

— Non. Viens me voir. Je veux faire l'amour avec toi.

— Je ne marche plus sur les mains.

— Ne me prends pas en dérision.

— J'ai passé des années à rêver de ton corps, à rêver que je te caressais, que nous roulions dans l'espace, que je te pénétrais, que mes baisers t'ajoutaient une seconde peau.

— Alors viens !

— Je vis avec un transsexuel.

— Quoi ?

— Une femme qui a une bite.

Il y eut un long silence. Caroline raccrocha. Ce coup de fil laissa émerger une étrange mélancolie, comme tous les rêves gâchés par ignorance, par manque de courage. Il me fallut deux verres de cognac avant d'aller me coucher, pris par les visions du corps sublime de Caroline qui avait tant parcouru mes nuits. Tout était vif, limpide, lisse. Les muscles de ses jambes, en été, jouaient avec délices sous la peau, à chacun de ses pas, lorsqu'au soleil elle prenait des teintes dorées. Ses petits seins oscillaient. On les voyait toujours. Elle ne portait pas de soutien-gorge et son fier regard bleu perçait les cœurs. Elle avait un regard transsonique. Après quelques heures de sommeil, le corps de Caroline se fondit dans celui de Lisa. Elle était devenue Lisa.

Les parties du cerveau, surtout les plus subtiles, auxquelles l'esprit est uni, sont en continuel flux

Je me réveille dans un état de confusion totale. Mon corps sous la couette n'est qu'incertitude. J'ai même oublié quel mouvement faire pour me lever. Le jour hésite lui aussi à traverser le verre épais de la baie vitrée. Les sons ne montent pas à l'assaut de l'immeuble. Le cosmos entier hésite. Je pense qu'il serait merveilleux de sentir l'odeur de café et de toasts. Quelqu'un serait là. Je n'ai qu'à m'acheter une machine à café programmable et un grille-pain high-tech. Je souris de ma stupidité. Je vois un corps nu traverser la pièce, l'espace d'une seconde. Peut-être un peu trop d'alcool. Je regarde les bibliothèques qui occupent toute la place libre de mes trente-huit mètres carrés. Une grande pièce rectangulaire, une salle de bains, une cuisine ouverte. J'aime cet endroit. J'aime flotter au-dessus du toit. J'aime flotter dans mes vêtements, dans mon corps, dans ma pensée. Flotter nécessite une détente préalable et, sous la couette, je cherche comment mon corps peut se laisser aller à cet espace. Un exercice de félin.

Il m'a fallu une heure pour me lever, mais ce matin j'ai accédé à la légèreté. C'est une sensation agréable. Je la prends comme un cadeau. Peut-être la contemplation du corps de Lisa mêlée au souvenir de celui de Caroline m'a-t-elle fait toucher à quelque chose de plus souple, de plus liquide.

Je passe mon peignoir bleu et sors sur la terrasse avec mon plateau. C'est étrange de ne pas être pris par l'action, de se laisser aller à cette flânerie. Les bateaux dorment à quai. Les grues immobiles. On dirait un jour de grève générale des objets, des êtres, du ciel et de la mer.

Après l'accident, un premier chirurgien a fait de son mieux pour me redonner visage humain mais il n'était pas spécialisé dans la reconstruction faciale et comme m'a dit une infirmière lorsque je me suis éveillé du coma : « Vous devriez être heureux d'être en vie. » Aujourd'hui, je suis heureux d'être en vie. La seconde opération n'a pu vraiment améliorer ce que la première avait gâché. La grande différence se voyait dans la finesse des cicatrices. Avant j'avais l'impression d'avoir des lamelles de jambon sur le visage. Les yeux n'avaient pas été touchés. Depuis, il semble que la chirurgie faciale ait fait de grands progrès. Périodiquement, je pense à consulter mais il y a profondément enfoui en moi une peur de recouvrer un visage humain, comme si tous les efforts que j'ai effectués jusqu'ici pour m'inventer une vie de solitude devraient être réduits à néant. Ma mère m'encourage. Elle aimerait que je prenne le risque. Elle découpe des articles, lit des livres, regarde des émissions sur le sujet et, discrètement, m'en parle de temps à autre. Finalement je ne sais pas si j'aime assez le monde pour tenter de m'y intégrer. J'ai pris ma place au prix d'un effort surhumain mais une place qui fait l'économie des êtres.

En buvant mon café, je mesure la brutalité de la remarque faite à Caroline. « Une femme qui a une bite. » La peur d'être aimé qui surgit comme la lave d'un volcan qu'on croyait éteint. J'imagine un instant que je prends le train, que j'arrive sur les pieds, devant son hôtel particulier. Je sonne, elle m'ouvre, nous courons vers la chambre, nous dénudons et faisons l'amour. Quelle alchimie pourrait permettre au désir exacerbé que j'ai entretenu pour elle de retrouver l'incandescence de mes quinze ans ? Je suis certain qu'elle est aussi belle et désirable. Un peu plus humaine, un peu plus douce. À quinze ans elle n'avait pas conscience des ravages qu'elle déclenchait en moi.

Et si je restais sur ma terrasse ? Pas de travail, pas de promenade nocturne. Pas d'amour. L'idée me séduit. L'arrêt définitif de toute tentative de collaboration avec le monde. Je limite mon univers à mon studio, à mes livres, car j'en écrirai d'autres. J'arrête de travailler. Je vis sur mes économies. J'écris livre après livre jusqu'à ce que mes lecteurs me trouvent. L'écrivain est un fuyard qui rêve d'être rattrapé. Il court seul dans les forêts glacées. Moi je reste là et je limite ma communication aux heures qu'il faut pour entrer dans l'univers d'un autre. Pendant ces heures précieuses, répétées à l'infini, il y a cette fusion magique avec un esprit et un corps qui se met à vibrer en syntonie. Des vies, des visions qui trouvent un passage l'une vers l'autre dans l'acte mystérieux de se laisser aller aux mots suspendus dans l'azur. C'est ce à quoi j'aspire. Enfin une situation claire. Je serais comme tous les autres écrivains, éminemment seul et non plus comme un humain rongé par la solitude. Ce sera un choix.

Je vide consciencieusement ma cafetière de café éthiopien, je savoure mes trois toasts couverts de fines lamelles de *pecorino* et je reste là sur le vieux canapé, sous l'auvent. Je rêve. Je rêve. Je rêve. Je réalise à quel point je remplis ma vie d'actes inutiles, comme pour mieux masquer sa vacuité. Ne rien faire serait de loin la chose la plus audacieuse, la seule peut-être qui pourrait me faire regagner l'étendue. Cet espace infini que j'ai senti à maintes reprises lorsque j'étais dans les bras de Sandra, après que nous avions fait l'amour.

Nous restions enlacés sur le lit, par terre, sur le sable, dans la forêt, et nous écoutions le corps de l'autre, nous écoutions notre propre corps, nous écoutions le monde. C'est cette attention à l'infime qui me manque et que l'activité superficielle masque. Les sens assiégés par trop de stimuli perdent peu à peu leur acuité. La nécessité de meubler le silence, l'espace vide, d'allumer la lumière lorsqu'on veille dans son lit. C'est la conscience de tous ces processus qui affleure en cet instant. Je retrouve le goût de l'enfance qui n'a pas besoin d'effort pour être l'objet contemplé. C'est ce pouvoir que j'étais en train de perdre. L'appel de Caroline était destiné à me remettre sur le chemin de la simplicité où chaque événement trouve où s'amarrer. Si je regarde le port, parfois les bateaux bougent, parfois ils sont immobiles. Puis ils glissent avec une grande lenteur. Pourquoi encombrer son esprit ?

Je viens de prendre la décision d'acheter un miroir pour la salle de bains et de jeter mes photos. Je vais faire face à mon visage. Il est absurde de regarder la dernière photo prise avant l'accident. L'épaisse chevelure noire, le nez aquilin, le visage long, la mélancolie sans objet de celui qui ignore qu'il vit ses derniers moments dans un corps séduisant. L'ignorance de celui qui ne sait pas que le monde va basculer, que le corps de l'autre va disparaître encore beaucoup plus vite que le sien. La beauté de Sandra avait cette innocence. Toujours penser que nous avons le temps pour la beauté, le désir, la passion. Ne pas révérer chaque seconde comme la dernière est la catastrophe dans laquelle l'être s'englue. Lorsque je perds l'urgence extrême de vivre, je perds tout simplement la vie. Je ne suis qu'un amas d'organes bercé par une absurde éternité.

Le coma m'a épargné de voir le corps ensanglanté et démantibulé de Sandra. Je n'ai aucune vision apocalyptique de sa beauté détruite. Je n'en ai aucune description non plus. Vu mon état, personne ne m'a décrit ce qui restait d'elle. Je n'ai même pas essayé de l'imaginer. Je ne pouvais avoir d'elle que l'image connue, parfaite, sensuelle et vibrante. Que le regard de sombre intelligence, que la grâce des membres, la beauté des seins, la taille, les hanches, la douceur du ventre, le galbe des fesses merveilleuses où j'aimais frotter mon visage pendant qu'elle riait, l'harmonie des muscles du dos, elle était nageuse, qui créait des vagues lorsque son sexe apparaissait entre les globes dorés pour rencontrer ma langue, ma main, mes yeux. L'état de félicité du corps qui s'abandonnait totalement. Ce sont ces fragments sacrés que je revisite sans cesse dans mes rêves, ce sont eux qui accompagnent mes nuits sans sommeil et mes journées solitaires.

Je me demande parfois comment, dans une mort brutale, la conscience quitte le corps. Est-ce immédiat ? Est-ce progressif ? Y a-t-il un lent glissement ? Quelque chose qui se détache ? Quelque chose qui voit ? Qui s'inquiète ? Souffre ? Ou est-ce un décollement brutal et instantané du vivant ? C'est à cela que j'ai pensé pendant des années. J'essayais de percer le mystère en explorant les bribes de mon coma. J'étais presque mort, cependant, parfois, il y avait la conscience fugitive d'une présence, d'un son. Je crois que je me souviens que ma mère me touchait et me parlait, sans doute parce qu'elle avait elle-même conscience que je pouvais la sentir et l'entendre, comme un léger nuage, une brume amoureuse dans le cadre froid de la chambre d'hôpital. Mais ces sensations, ces fragments de souvenirs, il est à peine possible de les décrire. Ils sont en fait une sorte de reconstruction apaisante de la réalité, une tendance à faire de la vie et de la mort quelque chose qui ait du sens parce qu'il y aurait un élément de nous-mêmes qui ne pourrait disparaître aussi vite qu'un poumon, un cerveau ou un cœur. Et dans cette frayeur, j'ai touché du doigt ce qui anime toute croyance en un au-delà. Non que je revendique l'éternité, seulement quelques instants de douceur avant la dissolution. Le temps qu'il faut pour s'embrasser une dernière fois, pour serrer contre soi un corps aimé, pour contempler encore un regard qui nous a fait toucher le monde dans ce qu'il a de plus intime et de plus mystérieux. C'est cet instant si court que j'aurais voulu pouvoir saisir. Cette dernière joie, comme une fusée qui traverse la stratosphère.

Supprimons du corps la gravité

Je suis allongé sur le lit. Lisa a placé les bandelettes de plâtre dans un récipient creux, elle les imbibe d'eau tiède, attend quelques secondes et les dépose sur mon visage une à une. Au début le contact est frais puis le plâtre commence à se solidifier et donne une douce impression de chaleur en même temps que cela tire un peu la peau. Lisa couvre délicatement toute la surface puis ajoute une seconde couche pour rendre le masque plus solide. Mon visage coule dans une nuit blanche et me donne un sentiment d'invisibilité. Un instant, je souhaite que Lisa m'enveloppe complètement de bandelettes. Que je finisse comme une momie suspendue dans l'espace-temps.

— Ah ! Ça va être très beau, tu vas voir... Ça commence à sécher. D'ici deux ou trois minutes, je vais pouvoir l'enlever. Je crois que ça colle bien. J'aurai une belle base pour te recréer, je pourrai inventer à partir de tes formes... Tu sais, j'ai toujours voulu être une artiste, faire quelque chose de mes mains, modeler, donner forme, mais il n'y a rien de plus excitant que de créer un visage.

L'enthousiasme de Lisa m'apaise. Un courant chaleureux passe de son corps au mien. J'aime le contact de ses cuisses sur la peau de mon thorax. Ses mains délicates. Je sens son regard. Je sais de quelle manière et où elle regarde. C'est comme si je pouvais suivre le parcours de ses yeux sur mon corps.

— Encore une minute et je t'enlève ça, mon chéri !

Je sens bien que c'est un tic de langage, je sais qu'elle appelle tout le monde « mon chéri » mais je ne peux m'empêcher de sentir un frémissement. Ce sont des mots que je n'ai plus l'habitude d'entendre.

Enfin elle enlève le masque qui se détache facilement, comme s'il soulevait ma peau morte, ma peau souffrante, ma peau zébrée de cicatrices. Je regarde le masque. Elle n'avait couvert ni les yeux, ni la bouche, ni les narines.

— Regarde, on dirait de la neige !

— C'est beau, c'est lisse, c'est uniforme. Il manque principalement un nez digne de ce nom.

— Est-ce que tu as une photo de tes parents où le nez est apparent ?

— J'ai détruit mes photos.

— Ce qu'ils t'ont fait, c'est un nez de starlette de série américaine, une petite dune.

Je ne peux m'empêcher de rire. C'est ce qui est si douloureux avec les autres ; le dégoût, la frayeur sont tels que jamais ils n'osent faire allusion à mon visage. Lisa est tout à fait naturelle, elle dit ce qui lui vient, sans tenter d'ajuster son discours à une image qu'elle aurait de moi. Elle me voit comme je suis, sans jugement, sans distance. La souffrance, la lutte, la solitude traversée est l'écho de la mienne. Nous pouvons accéder directement à notre beauté, à la beauté de l'autre, sans que nos perceptions soient conditionnées par la peur.

— Tu as déjà vu des transsexuels opérés ?

— Oui, j'ai pas mal de copines qui l'ont fait. C'est une opération délicate et même dangereuse si elle n'est pas réalisée dans de bonnes conditions. C'est très cher aussi.

— Comment font-ils pour créer un espace vaginal ?

— Ils prennent la peau du sexe, la retournent et ils transforment le gland en clitoris, après ils créent les lèvres avec les corps caverneux. J'en ai vu de très réussis où il y avait encore des sensations et même de la jouissance. Les bons chirurgiens gardent les terminaisons nerveuses. Le seul problème est que, même avec un sexe de femme, tu bandes et souvent tu expulses le visiteur. Un autre problème est que le vagin se rétrécit naturellement après la cicatrisation et qu'il faut le maintenir en ouverture par une sonde ou un écarteur. C'est vraiment ressemblant vu de l'extérieur.

— Tu n'as jamais été tentée ?

— Non, moi j'aime bien être actif et beaucoup d'hommes recherchent ça. Ils sont attirés par la sodomie mais pas assez pour la tenter avec un homme. Avec nous, la peur tombe. Ils ne se sentent pas homos. Ils voient un visage de femme, un corps de femme et ils sentent quelque chose qui les pénètre. On n'a pas du tout les mêmes clients que les opérées. Une autre demande. Plus ambiguë. Et puis il peut y avoir pas mal de complications. C'est dangereux, parfois douloureux. Je m'aime comme je suis.

— Tu es très belle. Et les seins, ils se développent vite ?

— Non, il faut prendre des hormones pendant plus de trois mois avant que ça commence. Ensuite vient la sensation incroyable de sentir ses seins pousser. Puis, très lentement les hormones transforment ton visage, ta structure, la taille s'affine, les hanches se développent, les poils disparaissent, sauf ceux de la barbe. C'est le problème principal.

— Comment tu fais ?

— Épilation au laser, c'est long et cher. Ensuite ça ne repousse plus.

— Et pour avoir une identité de femme ?

— Difficile. Beaucoup de tracas administratifs mais je n'ai pas ce problème. C'est seulement si tu veux occuper une place normale dans la société. Avoir un boulot, que les gens te considèrent vraiment comme une femme. Assez facile avec les hommes mais les femmes sont plus dures. En fait, autant recommencer à zéro. Aller dans une grande ville où personne ne te connaît, et si tes papiers sont en règle, tu te fais une nouvelle vie. Si tu es jeune et belle, c'est plus facile. Et ne rien dire à personne. J'ai des copines qui ont parfaitement réussi. Tant que tu tombes pas sur un mec qui veut des enfants, tout va bien.

La conversation me laisse rêveur. Je regarde mon visage, sa platitude, l'absence d'appendice nasal. Toute la partie centrale de mon visage était enfoncée ainsi que les os crâniens au-dessus des arcades sourcilières. Des années de thérapie sacro-craniale ont réussi à me redonner de l'espace.

Lisa dépose le masque sur le couvre-lit, le regarde comme si elle voyait surgir ce qui manquait pour rendre l'ensemble crédible, équilibré. Elle s'allonge contre moi et pose sa tête sur mon ventre. Je caresse ses cheveux, son front. Elle me serre désespérément, elle s'accroche à moi.

— Ma vie change depuis que je te connais. Tu as rencontré Almodóvar il y a longtemps ?

— Quand je vivais à Barcelone.

— Qu'est-ce qu'il faisait là ?

— Je ne sais pas. Il sortait d'un restaurant avec des amis.

— Et tu lui as parlé comme ça ?

— Non, c'est lui qui m'a vu. Il est venu vers moi.

— Tu n'as pas senti de mouvement de recul ?

— Pas du tout, il était curieux, fasciné. Nous sommes allés nous installer à une terrasse, il m'a posé des questions sur ma vie et plus je la lui racontais, plus je voyais que son imagination se mettait à tourner. De minute en minute, je perdais mon identité propre, je devenais l'un de ses personnages. L'univers des mathématiques le fascinait et celui de l'écriture aussi. On s'est revus le lendemain. On a décidé de travailler ensemble à un scénario d'après ce qu'il avait lu de mon livre, mais rien ne me vient. J'attends.

— Almodóvar écrit lui-même ses scénarios, je crois.

— C'est son idée. Je ne sais pas ce que cela va donner. Il m'a dit qu'il voulait faire des bouts d'essais. Venir chez moi avec son cameraman et me filmer dans ma vie quotidienne.

— Il est déjà venu ?

— Non, il doit m'appeler.

— Je veux devenir une star, faire partie de ton histoire, ce serait génial.

— Tu en fais déjà partie. Je crois qu'il t'a trouvée très belle. Il m'a dit qu'on pouvait t'inclure dans le projet dès le premier soir, tu ne te souviens pas ?

— Et c'est quoi l'histoire ?

— Une histoire d'amour.

— La Belle et la Bête ?

— Un peu.

— Mais moi, je vais t'inventer un visage.

— Je suis curieux de voir.

— Tu as une odeur qui me rappelle le grand bazar d'Istanbul. J'ai travaillé là-bas pendant quelque temps. C'est très violent. J'ai préféré rentrer.

Lisa me caresse le visage, les épaules, la poitrine, le ventre. Mon corps est plein de frémissements.

— Tu as vu *Le Labyrinthe des passions* ?

— Magnifique !

— Tu te souviens quand Queti et Sexilia changent d'identité ?

— Oui, elle sort de l'inceste en mettant sa copine qui lui ressemble tellement avec son père qui de toute manière la confondait avec sa femme.

— J'achète souvent les bandes-son de ses films. Il utilise des chansons qui te remuent les tripes.

— Si tu veux, on peut aller voir son dernier film.

— Je n'ai pas encore vu *Volver*.

— Demain ?

— On va à la séance de huit heures et on va dîner après.

Je suis rentré chez moi avec un sentiment

aérien. Tout était subtil et léger. Mon corps, les autres, les pans d'ombre et d'obscurité, les sons. J'aimais cette heure où l'aube hésite à poindre. Où la nuit n'est pas certaine de vouloir s'en aller. C'était comme si Dieu jouait à empêcher le soleil de surgir. Juste pour voir. Juste pour jouer avec les sentiments des êtres, leurs joies et leurs souffrances. Pendant cette heure abstraite, tout ce qui est défini fond dans l'incertitude, c'est sans doute ce qui me plaît. Les bordures, les contours, les desseins sont estompés. L'arrogance des hommes se perd pendant quelques minutes. L'impression d'être, d'avoir sa place, sa fonction, son destin, sa vie, tout cela est gagné par le mystère. Il n'y a pas d'équation possible du crépuscule.

L'étendue est un corps

Almodóvar n'a pas d'angle. Il y a dans son corps et dans son visage une rondeur enfantine que contredisent le regard sombre, la mobilité passionnée. Il parle au cameraman, lui demande d'essayer tel angle pendant que je me déplace dans la grande pièce. J'observe le parquet ancien, ses ors et ses tons havane. Le regard de la caméra ne me gêne pas. J'ai l'impression que son œil est plus attentif que celui des êtres et je sais par expérience que l'attention finit par engendrer la fascination. C'est un lent glissement. D'abord des formes surgissent, l'esprit s'en empare, génère des comparaisons puis un jugement. L'esprit a horreur de la fraîcheur, de l'instant unique, du contour qui ne ressemble à rien. Tout nous fait toujours penser à quelque chose d'autre, d'où la difficulté d'être sérieusement en vie. La caméra n'est pas référentielle. Subtilement influencée par l'œil de l'opérateur, mais cette légèreté-là est créative. On ne peut haïr ou mépriser ce qu'on regarde assez longtemps. Toute la violence de notre temps, toute la crapulerie politique vient du fait que personne ne regarde personne. Les distances se creusent, les fissures deviennent des précipices dans lesquels la guerre et la destruction s'engouffrent. Tuer est la réponse de celui qui ne regarde pas et, dans un sens, je suis, à moi tout seul, la figure de proue de la violence. Il y a des périodes de l'histoire où les dictateurs commencent par tuer les monstres, les aliénés, les penseurs, les artistes, comme pour tuer leur regard. On tue ceux qui voient le monde. Les dictateurs ont toujours le regard fixe. On pourrait les diagnostiquer dès l'enfance. Pas le regard fixe de fascination pour un insecte ou une salamandre, mais les regards fixes de ceux qui en toute chose ne voient qu'eux-mêmes, hissés au sommet de la gloire. Ils ont tous cette paralysie de la pupille. L'œil de la caméra est plus froid mais dépourvu d'une référence liée à sa propre existence. Il peut voir les autres, il peut voir le monde. C'est le mystère de l'œil tranché au rasoir par Buñuel dans *Le Chien andalou*.

Almodóvar ne dit rien, il s'intègre à l'espace silencieux, il écoute mon visage et son regard est ouvert, vivant, palpitant. C'est le cœur de sa tête ronde. Je m'assieds dans le fauteuil qui se trouve devant la baie vitrée. De là, je vois la ligne d'horizon qui ce matin n'est pas clairement définie. Où finit la mer ? Où commence le ciel ?

L'œil de la caméra, oui, elle n'a qu'un œil et nous regardons toujours les films avec nos deux yeux. On passe toujours du un au deux. Heureusement que les Égypto-Nubiens, les Indiens ou les Babyloniens (encore une incertitude) ont inventé le zéro. Pour nous tirer hors de l'opposition entre dualité et monisme. Quelque chose d'autre enfin. Il y a le monde d'avant le zéro et le monde d'après le zéro.

Alors, cet œil merveilleusement unique, ce cyclope sans cœur, que voit-il ? Que voit celui qui est affranchi de l'aversion, de la honte, du doute, de la peur et du dégoût ? Il voit Antoni Casas Ros assis dans un fauteuil devant sa baie vitrée. Moi, je regarde la mer et le ciel, lui il me voit en train de regarder. Il ne cherche pas à s'accrocher à du connu. Il n'y a pas d'incertitude car il n'y a ni aversion, ni honte, ni doute, ni peur, ni dégoût. Il ne glose pas sur la petite dune qui au milieu du visage fait office de nez. Il ne remarque pas que les narines sont outrageusement importantes, on dirait des raisins de Corinthe oubliés dans l'eau tiède. Deux tunnels noirs ouverts dans la blancheur de la peau. L'objectif ne dit pas : « Heureusement, il y a de beaux cheveux noirs et bouclés ! » Il ne s'attarde pas sur la cicatrice qui rend le phylum rose et torsadé. « Ah ! Mais les oreilles sont harmonieuses, bien dessinées, au moins quelque chose sur quoi s'accrocher ! » Non. Cet œil voit. Il touche la grande douceur de la peau qui accroche bien la lumière, une peau de geisha, non que j'en aie déjà contemplé mais c'est à travers la ferveur des romanciers japonais pour la peau de leurs héroïnes que je suis arrivé à la toucher en réalité. Ah ! Il y a la bouche. Là, rien à redire. Jolis contours. Il n'aurait plus manqué qu'un bec-de-lièvre pour me pousser par la fenêtre. Et lorsqu'on saute, on sait quel visage on avait avant de sauter mais pas celui qu'on aura après, sur l'asphalte. Pour peu que les passants vous ignorent, que personne n'appelle la police ou le *pronto soccorso*, on se retrouve rapidement aussi fin que du papier à cigarette, incrusté dans les interstices des pavés. Il y a des pavés dans ma rue. On se retrouve mis à plat et, peu à peu, on disparaît au hasard du passage des voitures du service de nettoiement, de leurs balais, de leurs détergents. Et voilà des funérailles promptement menées. Pas le plus petit reste pour mettre dans une urne sur la cheminée, à jeter dans la Méditerranée déjà bien polluée, à enterrer dans son jardin avec la dépouille de son dernier chien tibétain au museau aplati. La dictature de la beauté des corps est totale et anorexique par excellence. Je ne veux pas dire que les filles exposées dans les magazines sont trop maigres (bien qu'elles le soient pathétiquement) mais qu'il y a dans cette dictature la folie de celui qui se laisse mourir de faim alors qu'un tiers de l'humanité meurt de faim et que les deux autres tiers meurent de l'absence de regard. Pourtant, une anorexique se regarde plus que n'importe qui. Toute notre culture est anorexique, toute notre civilisation. Nous avons l'œil fixe.

Dans cet autoportrait, j'essaie autre chose. Je tente de regarder le monde jusqu'à ce qu'il révèle sa beauté même si l'opération est étrangement utopique. J'établis le théorème d'Almodóvar : il suffit de regarder assez longtemps pour transformer l'horreur en beauté.

La caméra doit tourner depuis deux heures au moins dans le silence resplendissant de mon visage. Il n'y a même pas de place pour une chanson mélancolique, pour le rire de Lisa. Nous sommes au niveau initial de la blancheur de la toile du peintre, de la toile du cinéma, ce qui prouve bien que les cinéastes sont des peintres qui ne s'ignorent pas.

Que reste-t-il de nos amours ? Ces traces de visages décomposés en moments extatiques ou douloureux. Des fragments, des collages. Alors peut-on aimer un être dont le visage est déjà un collage ? Peut-on le regarder assez longtemps pour que l'amour gicle comme un fleuve qui sort d'un rocher ? Non, c'est la conséquence tragique du théorème d'Almodóvar : nous avons besoin de géométrie et d'harmonie car il n'y a aucun plaisir à détruire ce qui a déjà subi l'outrage de l'abstraction.

Dans les musées, il y a souvent des copistes qui s'acharnent à reproduire les œuvres du passé en une tentative absurde de percer le mystère de la création ; mais a-t-on jamais vu un apprenti peintre copier une toile monochrome de Klein ? Le mystère est dans le bleu, bien qu'on nous en donne généreusement la formule. C'est aussi la dictature de la beauté. On croit pouvoir mettre l'invisible en équation. Les grands peintres ont toujours aimé les monstres. Seuls les néo-classiques sont sous le charme de l'harmonie. Moi je revendique le chaos comme seul territoire qui vaille la peine d'être traversé, et quand toute une civilisation se tourne vers le « spirituel » c'est le début de la fin et la fin c'est le commencement. Il y a dans le chaos une sorte d'élégance aléatoire que tous les néo-classiques ignorent. La manifestation la plus aiguë du chaos se manifeste dans la recherche de l'ordre, de la perfection, de l'harmonie. C'est également l'une des conséquences du théorème d'Almodóvar : Harmonie = Chaos.

L'autoportrait n'est pas terminé. Le lecteur attentif aura remarqué que je parle de l'œil de la caméra qui navigue sur le paysage lunaire de mon visage mais il manque quelque chose, un élément extrêmement important !

L'arrière de la tête. C'est là que se dessine l'harmonie. J'ai fait quelques photos de moi que je songeais envoyer à mon futur éditeur. Avez-vous remarqué que les bons éditeurs mettent rarement la photo de l'auteur sur la quatrième page de couverture ? Non qu'ils soient tous hideux. Il y a de beaux écrivains... Cortázar, par exemple. Il y a aussi toutes ces faces inertes et mondaines qui se dissolvent dans le brouillard à l'instant où on les voit.

Sur ces photos, on me voit assis, de dos. Le costume sombre, le col frais, la nuque, les cheveux noirs et luisants comme une Indienne. Ah ! les oreilles. Cela veut dire en gros que je n'ai pas l'intention de regarder mon lecteur en face. Imaginez une page de *Libération* ou du *Monde*, vous me voyez de dos, donc je regarde dans la même direction que vous et, au-delà du journal, nous voyons le monde ensemble, vous et moi, et de ce regard commun se dégage enfin la beauté car notre œil est ouvert, il se pose, il cesse de voltiger, enfin, il voit !

C'est l'objet de toute la littérature. Quel intérêt à rester assis en chien de faïence face à une momie ? Qui est le chien ? L'écrivain ou le lecteur ?

Almodóvar entraîne son cameraman. Ils sortent. Ils prennent la place du ciel. Ils me voient comme la lune regarde le monde. Nous avons cette audace de regarder la lune. Le soleil plus intelligent s'est paré d'un éclat insoutenable. J'ai pourtant entendu dire que certains Hindous le regardaient en face jusqu'à la destruction de l'œil. Ils se brûlent pour mieux voir la sombre caverne du soi. Je leur opposerais les aventuriers du siècle des Lumières. Nous sommes à une époque où la mode nous pousse à regarder l'intérieur. C'est comme de tenter de regarder le foie ou la rate de nos interlocuteurs, je ne dis pas que ce serait sans intérêt, mais essayez de le faire sans passer par la peau. Le siècle ne manque pas d'idiots qui se réunissent pour parler aux anges ou pour voir le divin en eux-mêmes ou ailleurs, mais les dieux, s'ils existaient, seraient bien plus drôles que ça ! Regardez-les voltiger au-dessus des coupoles, Batmans irréels, bouche ouverte, gobant moucherons, cigognes, supersoniques et avions de ligne, pleins de passagers plongés dans la lecture du *Théorème d'Almodóvar* et disparaissant à jamais dans le ventre du chaos.

Un jour, j'ai vu une chanteuse de jazz qui tournait le dos au public. J'ai trouvé ça beau. Je voyais son dos bouger. La voix sortait de la totalité de son corps et pas seulement par la bouche. Le langage, les mots reliés directement à la totalité du corps. C'est de cette manière que j'écris. Ce n'est pas une opération mentale, c'est un acte beaucoup plus physique. Mon ventre écrit, mes pieds écrivent, la totalité sensorielle de mon corps écrit et l'esprit n'est là que comme une sorte de relais, de traducteur, qui exprime le vrombissement étrange d'un corps. Lorsque les mots émergent, je suis toujours étonné. Je suis parfois choqué qu'une phrase avec sa structure puisse émerger d'un univers de palpitation indicible.

J'aimerais m'exprimer en espagnol car cette langue me paraît cellulairement adéquate. La plupart de mes écrivains préférés s'expriment dans cette langue. L'imaginaire, la marge floue et vibrante qui sépare la réalité de la fantasmagorie, est un océan où ils naviguent avec légèreté. Voilà, encore une autre raison d'en vouloir à mon père. Il aurait dû m'appeler Antoine puisqu'il faisait partie de cette génération honteuse de sa langue et de sa culture. Il refusait obsessionnellement de parler et même de comprendre l'espagnol ou le catalan. C'est ma mère qui a insisté pour m'appeler Antoni. Elle aimait la consonance du nom. Le lien le plus solide que mon père entretenait avec sa culture semblait être le fascisme. La gloire du « Guide » le « Caudillo ». J'ai toujours détesté les guides, sauf pour traverser les jungles et les déserts.

Alors, que manque-t-il à cet autoportrait ? Les yeux ! « T'as de beaux yeux, tu sais... » C'est ce qu'on me disait du temps où je marchais sur les mains. Mes yeux n'ont pas changé, ils ont été épargnés dans leur forme et leur capacité de voir. C'est moi qui regarde la caméra, « l'objectif ». Si j'étais Almodóvar, je parlerais plutôt de changer de « subjectif ». L'ouverture de l'iris. Le fondu au noir. Tous ces mystères qui se déroulent en traversant la masse de verre. Je pense à celui qui, le premier, a percé une feuille de carton ou qui a vu un arbre projeté à l'envers sur le mur de sa chambre grâce à un trou dans un volet.

C'est la pure définition de la joie, de la créativité venue de l'œil, du regard. C'est ce que j'aime chez les voyous. Ils savent regarder vite et bien. Leur vie en dépend. Il y a trop de nonchalance chez les êtres qui ne sont pas en danger. Leurs sens moisissent. Le vert-de-gris envahit leur vie. Il y a dans les mondes que j'aime fréquenter, les mondes interlopes, une acuité du regard, une brillance, un éclat. Je pense à cette phrase de Balzac citée dans Le Petit Robert : « Le monde interlope des femmes équivoques. » Il y a là une merveille sonore et allusive et c'est ce monde qu'Almodóvar explore sans jamais se lasser. Son regard sur moi, c'est le regard de quelqu'un qui sait que le blanc et le noir ne doivent jamais faire du gris mais vibrer en flirtant outrageusement l'un avec l'autre, ébahis par la soie d'un coup de langue qui toujours abolit le hasard.

Ces êtres seraient, soit des corps,
soit tout à fait semblables à des corps

C'est en sortant du cinéma que nous avons vu le cerf. Une petite salle de mon quartier. Il y en a encore. Les fauteuils un peu défoncés. L'odeur antique de tous les rêves, de toutes les peurs, de tous les espoirs de rencontrer l'amour que viennent de vivre les héros. Le désir que notre vie soit enfin grandiose. Que se profile une grande passion même si elle doit nous détruire. C'est cette prise de risque que tout grand film nous apporte. Sortis de la salle obscure, quelques larmes retenues, quelques larmes sur la nullité de notre vie, nous ne marchons plus de la même manière. Tout grand film nous fait tituber, nous laisse un moment ou une éternité dans cette sensation planctonienne un peu molle, flottant entre deux eaux. Ce sentiment vague que nous pouvons enfin vivre comme un héros, que nous pouvons traverser la vie plutôt que la fuir. Dans ces moments de grâce, nous sentons notre fragilité, nous palpons notre chair indécise, nous permettons au rêve intense de la beauté de surgir et de nous emporter. Puis la peur se profile. La nécessité de garder un cadre, des formes, un fonctionnement social. Je suis ce que tout grand film éclaire en nous, cette possibilité d'agir avec liberté. Qui n'a pas rêvé, en sortant d'une projection, de disparaître ? Ne plus voir sa famille, ses amis, de ne plus aller travailler le lendemain, de ne plus être celui que tout le monde connaît. De s'installer dans une nouvelle ville, de prendre le risque enfin de ne plus faire plaisir qu'à soi-même ?

Au moment de la mort, nous sommes probablement dans ce même état. Nous imaginons que notre vie aurait pu se libérer du poids des habitudes, de la conformité sociale, de la répétition incessante des mêmes mécanismes de défense. Alors nous touchons au plus absurde. Défendre quoi ? J'imagine qu'il faut être sur son lit de mort pour oser répondre. Il n'y a rien à défendre. Nous avons abandonné tous nos rêves. Nous avons vécu en conformité. Nous n'avons cherché que le confort et, dans cette quête acide, la joie nous a échappé. Toute œuvre d'art réveille en nous ce que l'être a de plus vivant, de plus subversif, de plus libre. La souffrance est intense. On voudrait réécrire le scénario de sa vie. Dans toute existence il semble manquer le drame absurde qui nous engagerait à vivre comme si nous devions mourir demain. Nous allons mourir demain. Personne ne s'en rend compte. C'est cette conscience que le cinéma fait émerger. Nous n'avons pas encore eu le temps d'être un héros. Trop de monde à contenter. Mais vient un instant où nous ne pouvons même plus nous contenter nous-mêmes et c'est là que la mort devient tragique.

Le destin m'a fait le cadeau de me tuer très tôt pour que je commence à vivre. Tué dans ma chair, tué dans mon visage mais pas dans mon « âme ». Je peux écrire ce mot en tant qu'athée. Je pense à *L'Histoire naturelle de l'âme* de La Mettrie, texte matérialiste s'il en est. L'âme, c'est quoi ? Cet esprit qui lorsqu'il ne répète pas les modalités de sa propre tragédie ridicule est capable de rêver ? De se faufiler comme un nageur entre les couches fluides de la réalité ? Ce qui me plaît dans le mot âme, c'est sa part indéfinissable. Les dictionnaires sont médiocres à ce niveau. Ils renvoient l'entendement comme une balle de ping-pong. Esprit : « Principe de la vie incorporelle de l'homme. Voir Âme. Principe de la vie corporelle de l'homme. » Qui croirait qu'en cherchant l'un on trouve l'autre ? C'est le grand flou du pouvoir du religieux qui s'immisce jusque dans les définitions. Il faudrait un dictionnaire athée de la langue française, débarrassée de ses colombes, du bien et du mal. Une langue qui aurait l'éclat et la dureté d'une lame. Écrire comme un guerrier pourfend le ciel en sachant qu'il coupe des mots, sectionne des liens douteux, remet en évidence la nudité extrême de l'être. Que chacun se sente fragile, n'endossant aucun vêtement. Alors on pourrait voir les organes internes comme lorsqu'on est amoureux et rêve d'entrer dans le corps de l'autre à un niveau autre que ne peut le faire le sexe. Ou alors, commencer par le sexe mais laisser ensuite tout le corps suivre. Le sexe serait le fer de lance qui tirerait tout l'être dans le corps de l'autre.

Je suis entré en toi, tu es entré en moi. Je voyage à partir de cet instant à l'intérieur de tes espaces, je navigue sur ton sang, je suis émerveillé sur ma pirogue fragile, il y a des rapides, des lacs, des océans intérieurs. Longue-vue déployée, je scrute l'horizon, je vois les archipels, les monts, les cavernes sombres, les viscères, parfois je me risque jusqu'à une ouverture, jette un coup d'œil dehors et retourne aussitôt d'où je suis venu. L'aventure, la grande aventure. La découverte de territoires sans nom. Pas besoin d'aller dans le cosmos pour pouvoir donner son nom à une étoile. Il y a là, tout près de nous, une galaxie totalement inexplorée, un paysage interne animé de la fièvre de vivre enfin.

C'est ce que j'ai vécu en regardant ce film corps à corps avec Lisa. Nous ne sommes peut-être pas ce à quoi rêvent les autres mais nous savons qu'il y a en nous ce côté sidéral parce que nous faisons seconde après seconde l'expérience de la cruauté du monde. Nous sommes sans protection, sans bordure, sans limite. Proches de la dissolution à tout instant. Déjà fragmentés dans l'espace. Tout rêve de cohésion abandonné.

Le plus étrange est la présence du cerf. En pleine ville, à dix heures du soir, devant un cinéma de quartier. J'imagine qu'il a traversé les voies ferrées, les bretelles d'autoroute, au galop, sautant par-dessus les obstacles pour venir réparer le préjudice. La voiture ne l'a pas touché. Je l'ai sauvé. J'ai tué Sandra. Il vient pour me voir. J'imagine qu'après le fracas de l'accident il est retourné dans la forêt d'où il venait et, pendant toutes ces années, il a échappé aux chasseurs, aux chiens, aux regards. C'est un cerf majestueux et sage. Les gens sortent du cinéma dans cet état flottant, ils voient sans doute le cerf eux aussi mais ils ne réagissent pas. Je les imagine rentrant chez eux. Leurs enfants sont devant la télévision. Ils se servent une bière.

— Les enfants, on a vu un cerf en sortant du cinéma, juste là en bas !

— On l'a vu aussi, il était à la télé.

Voilà le niveau le plus banal du réalisme.

Lisa s'approche du cerf. Elle lui parle de la ramure majestueuse. Il ne fuit pas. Elle lui caresse la tête, moi j'admire les bois qui structurent la nuit. C'est une ruelle très sombre. Je les contemple, fasciné, et je m'approche en prenant soin de ne pas faire de mouvement brusque. Le cerf tourne sa tête vers moi. Il me regarde. Il me voit. Ses yeux sont des pépites d'ambre dans l'obscurité. Son pelage chaud et humide après la course folle. Sa musculature frémit tout entière.

Maintenant la ruelle est vide et nous marchons vers le port, Lisa, le cerf et moi. Les imaginations les plus folles me viennent. Et si c'était l'âme de Sandra ? Je sais, ce n'est pas très raisonnable pour un athée. C'est juste une idée comme un corbeau traverse le ciel. Je n'ai jamais rêvé de Sandra. J'ai passé des milliers d'heures immobile sur mon lit à la voir, à lui parler, à sentir son odeur, à faire l'amour avec elle. Parfois sa présence était si forte que j'étais étonné de ne pas la trouver en train de prendre un bain, rêveuse et vaporeuse, le corps agrandi par l'eau, le regard fixé sur un point bien plus éloigné que la surface du mur.

Ici, personne pour donner forme au rêve. On peut détruire la planète, assoiffer le monde, torturer les êtres, porter dans le détail infime atteinte à leurs droits les plus fondamentaux, on peut mutiler les sexes, effacer les visages, violer les femmes et les enfants, embrigader, incendier les asiles psychiatriques et les centres de réhabilitation, on peut régenter, fanatiser, interdire, brûler les livres et les films, condamner à mort et exécuter. On peut être un président et solennellement sauver une dinde alors qu'on refuse la grâce à des hommes qui vont passer sur la chaise électrique. On peut laisser un continent entier mourir du sida, on peut enfermer des millions de gens, transformer le monde en prison mais on ne peut pas empêcher un cerf de traverser une ville. On ne peut empêcher aucun être de rêver, d'entendre de la musique, de regarder un oiseau s'envoler ou une vague mourir sur le rivage. On ne peut empêcher les peintres de peindre, les musiciens de jouer, les écrivains d'écrire. On peut seulement empêcher leurs œuvres de se déployer, de prendre de l'ampleur, de toucher les hommes. Pour un temps, celui d'une dictature, trente, quarante, cinquante ans. Puis la mort libère. La vie surgit de nouveau tant qu'on peut encore respirer et boire un peu d'eau. Combien de temps encore ?

Nous avons traversé le quartier des prostituées, des travestis, des transsexuels et le cerf a été vu, touché, admiré. L'une d'elles lui a offert son boa phosphorescent.

Nous nous sommes arrêtés à une terrasse, nous avons mangé des *penne all'arrabiata* et le cerf nous regardait. C'est la rage qui nous étouffe, qui m'étouffe, la rage de ne pas être libre de gambader dans les forêts, de s'accoupler en bramant, de mépriser les lois et les règles édictées par ceux qui veulent transformer l'humanité en un gigantesque zoo. Mais si nous sommes derrière les grilles, qui va venir nous voir ? Les extraterrestres, les anges, les dieux, les démons ? Non, les animaux eux-mêmes, les tigres et les anacondas, les libellules et les rhinocéros, les girafes, qui de leur hauteur nous voient si petits, éternellement engoncés dans nos visages sans yeux, dans nos corps sans sauvagerie, dans nos esprits aussi froids qu'un composant électronique.

— C'est un peu petit chez moi, dit Lisa en réglant l'addition.

— Alors on l'emmène chez moi.

— Je peux dormir avec toi ?

Le cerf, Lisa et moi, nous avons traversé le monde sonore et gai de cette ruelle sous les acclamations des putes. Parfois il suffit d'un infime détail pour que la joie surgisse.

Le cerf gravit les sept étages sans peine. Je suis étonné de constater son absence de crainte. Lisa, lui et moi, nous nous connaissons depuis toujours. Il y a cette aisance qui se développe entre amis de longue date, pas besoin de débattre, de discuter, l'action coule.

— Qu'est-ce que ça mange, un cerf ?

— C'est la saison des châtaignes, il doit s'en repaître dans les forêts. On le fera boire dans la baignoire.

— On en trouve partout en ce moment.

— Je vais en commander quelques sacs.

— Je le laisse aller sur la terrasse ?

— Il y sera très bien, les arbres perdent leurs feuilles, il pourra sentir un peu de parfum de forêt.

Le cerf s'installe sur le canapé, appuie sa tête de vieux philosophe sur l'accoudoir, pousse un grand soupir, et s'endort, exténué par sa course urbaine.

Lisa laisse tomber ses vêtements sur le sol, je la

regarde naviguer dans le studio, ses seins fendent l'air comme une figure de proue, c'est une navigatrice, ses cuisses gracieuses se rejoignent, servent de colonnes pour mieux exhiber le sexe lisse, légèrement dressé et vibrant dans la pénombre. Nous n'avons pas allumé pour ne pas effrayer le cerf. Lisa va vers le lit, je vois ses fesses galbées, elle se couche.

— Viens frotter ton visage contre mon cul, mon ange.

Je suis touché qu'elle m'appelle « mon ange » de cette voix suave. Je me déshabille et la rejoins sur le lit. L'ère de la contemplation est passée. Je sens tout mon corps volcanique, mon cœur bat, mon sexe se dresse. Nous nous caressons, je soupire, je frémis, débarrassé du connu. Enfin, je touche ce territoire où le corps est laissé libre, hors de la dictature de la pensée. Rien ne traverse mon esprit. Je ne sens que la peau chaude de Lisa, ses lèvres, sa langue qui joue avec la mienne et ses grands yeux, encore plus vastes que d'habitude, ouverts sur mon visage. Nos ventres se touchent, nos respirations se cherchent, nos sexes érigés glissent l'un contre l'autre, un grand frisson parcourt ma colonne vertébrale, du coccyx à l'occiput.

Je suis pris par tout ce que son corps a d'indéterminé, par la globalité de son être androgyne, par la puissance qui se dégage de son désir, par son abandon, par mon audace. Je glisse lentement de sa tête à ses épaules, de ses seins que je lèche aux douces vagues de son ventre et enfin je tiens en main son sexe qui palpite et frémit, je le caresse, je le regarde et, lorsque mes lèvres se posent sur l'azur du gland, Lisa pousse un grand cri.

Je suis bouleversé par la douceur, la vie lisse, la palpitation des veines, les couilles dures dans ma main, le goût presque automnal. Je me rassasie de sa bite avant qu'elle ne goûte à la mienne, toutes mes années de solitude volent en éclats. Enfin un corps contre le mien, un désir contre le mien. On peut toujours rêver, désirer le ciel, puiser dans sa mémoire mille images délicieuses, mais comment remplacer l'âpreté d'un corps qui en cherche un autre ?

Lisa se relève, elle cherche quelque chose dans son sac à main. Elle revient sur le lit avec deux préservatifs et un tube de gel.

— Tu veux me prendre ?

— Oui.

J'ai pénétré dans la douce souplesse de son cul qui enfouissait mon membre, je me perdais en elle, nous ne nous quittions pas des yeux. Il y avait une solennité joyeuse. Un étonnement. Une innocence.

C'est lorsque, à son tour, elle me pénètre que je sens l'incroyable danse, la beauté animale de cette offrande, l'étonnement dans ce qu'il a de plus intense. Le sentiment d'invasion heureuse, par le fait que Lisa me tienne à la pointe de sa bite comme un corsaire tient sa victime empalée sur son sabre et le regarde mourir. L'intensité est différente, plus fondamentale, touchant des zones émotionnelles très anciennes, aussi anciennes que l'homme. La beauté de la sauvagerie est présente bien que Lisa soit douce dans ses mouvements. Par éclats, je sens ma peur, ma résistance, mon anus qui se resserre autour de son gland. La crainte aussi qu'elle ne sorte, laisse mon cul ouvert sur la nuit. Je l'attrape par les fesses pour qu'elle ne m'abandonne pas, je la pousse en moi. Son rythme s'accélère. Le plaisir m'envahit, enfin j'abandonne ma chair, mes viscères, mes artères et mes organes, le flux de mon sang, mes nerfs et mes muscles à la joie brute, sans décor. Le contact des regards où les sensations trouvent l'espace. Nous avons joui ensemble et, lorsqu'elle a lentement glissé, j'ai eu l'impression que tous mes organes sortaient de moi et se mettaient à danser.

Je fais l'expérience de la légèreté intérieure. Cette légèreté des sentiments, des émotions, des sens. L'air est plus fin, ses atomes assouplis ont la douceur des têtards, la nuit est un vaste réservoir de têtards qui frémissent. Je n'avais jamais vu cette densité, cette corporalité de l'espace.

Chaque élément est si proche des autres, tout se touche, la vacuité est comme une musique intercellulaire, elle existe mais elle est infime. Le monde est une salle de bal à La Havane où les corps érotisés glissent et se frottent jusqu'à l'extase.

La chasteté est la prison de l'âme. Je ne parle pas des pratiques solitaires car elles n'engendrent jamais cette intensité de contact. Elles portent en elles une abstraction qui empêche de marcher dans l'infini. On peut toujours prétendre faire un avec l'autre mais si on le voit comme une masse finie, une identité, une forme précise, on est contraint à la solitude. C'est sans appel.

Ce que je sens ce soir, c'est au contraire la monstruosité fallacieuse de la différence. Il y a dans le corps de chacun toute la puissance de l'indifférencié, la multiplicité des mondes. Les comètes naviguent aussi aisément entre nos quarks que nous nous déplaçons dans une forêt. Si l'on marche longtemps, la conscience de marcher disparaît progressivement et ce sont les arbres qui passent.

Alors, dans ces conditions, comment poser l'autre ? Comment l'isoler, comment le déterminer ?

Nous restons couchés, enlacés, sans parler. Nous écoutons nos corps. La nuit nous écoute. La ville palpite et vibre avec nous et je sens encore en moi, à une profondeur abyssale, le sexe de Lisa, comme s'il voulait prendre racine. Nous avons dû nous endormir, toute notre peau collée à l'aube, rouvrant les yeux, nous avons vu le cerf qui nous contemplait, au pied du lit, immobile et silencieux, royal, deux pépites d'or coulant sur notre corps à quatre bras.

Imaginons donc que sont disséminés à travers le monde des espaces vides

Love is blind, ces mots se détachent comme je passe devant une fenêtre ouverte, une voix chaude. C'est toute la beauté de l'amour. L'aveuglement est une vertu lorsqu'il nous sert à ne plus fragmenter l'autre afin de rendre tout amour impossible. Tout en marchant dans les ruelles obscures, je sens la joie de cet aveuglement qui m'oblige à l'amour. Il y a aussi ce fond de désespoir que nous partageons, Lisa et moi. Nous avons subi la violence. Sans rêver, nous nous laissons aller au transitoire et sans les rêves d'éternité qui étourdissent, qui racontent une histoire impossible, qui sont le ferment des drames et des déceptions, des revirements de la passion qui se transforme en haine, nous avons la sensation que chaque seconde est précieuse, qu'elle est à elle seule l'abolition du temps.

Lisa a fini le masque. Je suis nerveux. Je prends des détours. Pourtant c'est quelque chose qui m'a toujours tenté. Un masque acheté dans le commerce, même blanc, représentera toujours un visage autre que le mien alors que j'entretiens le rêve absurde que Lisa puisse façonner mon « vrai visage », celui que j'aurais aujourd'hui à trente-quatre ans, celui qui aurait subi les métamorphoses du temps.

Il est deux heures du matin, les rues appartiennent à ceux qui hantent les lieux de plaisir et de solitude. C'est l'heure d'un théâtre qui se renouvelle chaque jour et qui voit chaque ombre devenir une composante de cette tragédie futile. Je sens la puissance du désir des hommes, leur crainte, leur violence. Je sens ces regards avides. Le besoin de destruction. C'est sans doute l'élan fondamental de l'homme. Annihiler la beauté. Ensuite peut-être se détendre pour créer quelque chose. On voit cela dans les guerres d'aujourd'hui dont le profond cynisme se révèle par le fait qu'elles sont devenues des sortes d'opération commerciale. On rase, on assassine les populations, puis volte-face, le destructeur devient un aimable philanthrope qui, contrats en main, propose de reconstruire le pays. Il y avait un temps où l'on voulait simplement tuer l'ennemi, lui prendre son bétail, ses citadelles, ses femmes, ses terres fertiles ou une reine à la beauté ensorcelante. Cela semble hautement moral si l'on compare la situation à celle d'aujourd'hui. C'est comme violer un enfant pour le plaisir de lui rendre sa virginité.

Lorsque je déambule, la nuit, mes idées sont noires. Je scrute mon temps avec des yeux de lynx. Je ne vois pas comment sortir de ce moralisme scandaleux qui rend l'action même de tuer massivement presque semblable à un banquet de charité. Plus rien ne nous choque. Nous sommes dans le coma politique, dans l'asthénie du cœur. Le pire, lorsque ces sentiments m'assaillent, c'est que je me vois faisant partie de la meute blafarde. Après tout, je ne fais que me cacher, frôler des segments de vie qui se tordent dans le ciel comme des tuyaux de cuivre chauffés à bleu.

Je suis désespéré par la contemplation du monde. J'en arrive à regretter ce qu'on appelle la sauvagerie. Il me paraîtrait plus naturel de revenir au cannibalisme, à l'arc, à l'épée, plutôt que de cautionner par mon silence la guerre d'aujourd'hui qui se veut propre. La guerre n'est pas un bilan positif sur un compte en banque.

Ma révolte est inépuisable. Parfois je me dis qu'il m'aurait suffi d'avoir un visage comme tout le monde pour jouir du monde avec insouciance. Après tout, de quoi me plaindre ? Je vois des millions de lits d'hôpitaux avec des fragments de corps à l'agonie, d'enfants mutilés, de corps torturés.

Il y a quelques mois, pris d'un brusque élan, j'ai sorti mon téléviseur sur la terrasse et je l'ai laissé sous la pluie, las non pas des images de mort mais des images mortes. C'est là que cela se passe. Il y a une transfusion d'images mortes à une conscience moribonde et, après ce cocktail de sang, l'apéritif journalier, on passe à table. Dans les pays latins en tout cas. Les Germaniques, Nordiques, Américains dînent avant les informations et deviennent obèses. La graisse des images. Ils sont en fin de digestion à l'heure de l'horreur.

La noblesse du cerf... Cherchez-la dans un corps... Difficile ! Je crois qu'il est temps que je m'arrête à un bar pour boire quelque chose. Ce soir, je rencontre mon visage et je ne peux le rencontrer avec cette animosité au creux du cœur. Il y a quelque chose à comprendre, à faire. Pourquoi sommes-nous révoltés à dix-huit ans, modérés à trente, recyclés à quarante ? J'imagine le contraire ; la révolte devrait grandir au cours de la vie, se développer sans cesse jusqu'à devenir la plus puissante composante du vieillard. Mais que font les vieillards ? Ils ne geignent pas sur le sort du monde, mais sur leur arthrose et leurs petits maux.

L'autre soir, dans un bar, j'ai vu un vieux Cubain parler de la révolution à laquelle il croyait encore, bien qu'il indiquât avec pudeur qu'elle n'avait pas été accomplie. Il y avait sur son visage toute la beauté de quelqu'un qui n'avait pas abandonné ses rêves. Cela m'a donné du courage. Il ne souhaitait pas la mort de Castro, il ne souhaitait pas l'invasion du dollar, il voulait autre chose, il le dit clairement : « J'aimerais pouvoir acheter tous les jours quelques légumes au marché, j'aimerais pouvoir parler sans crainte, j'aimerais qu'il n'y ait plus de poètes et de musiciens en prison, j'aimerais fumer un cigare cubain, j'aimerais que le blocus soit levé, j'aimerais partir sur une petite barque et mourir sur la mer. »

— Mon ange, tu as l'air si sombre...

— C'est fréquent chez moi. Le spleen politique.

— Tu es prêt à te rencontrer ?

— Oui... Cela fait deux ou trois heures que j'erre. Je crois que j'avais besoin de déverser mon fiel, de laver mon vieux visage lisse de Martien.

— Rien n'est plus doux que ton visage, quand tu le poses sur mon corps je vois l'espace à travers les murs, la Voie lactée.

Lisa me serre contre elle, m'embrasse, m'aspire.

— Le cerf, il va bien ?

— Il a mangé douze kilos de châtaignes.

— Qu'est-ce qu'on va faire des crottes ?

— Je les descends dans un sac en plastique.

Lisa se met à rire.

— Imagine que l'hélicoptère de la *Guardia di Finanza* passe au-dessus du toit.

— C'est conceptuellement impossible, un cerf sur un toit.

— Alors, il n'y a pas de risque. Je ne voudrais pas qu'on l'emmène dans un zoo.

— Notre cerf sauterait par-dessus la muraille de Chine.

Nous montons chez Lisa. C'est une ambiance de fête. Il y a une bouteille de *prosecco* dans un vase rempli de glace et un salami. Lisa est nerveuse. Elle débouche la bouteille. Le bouchon part comme une fusée et brise l'ampoule du plafonnier. Nous nous retrouvons dans l'obscurité. Lisa approche le verre de mes lèvres, je sens les bulles, je bois quelques gorgées puis elle me nourrit. La sensation que ma mère est dans la pièce. Nous ne nous sommes pas parlé depuis trois semaines.

Les lèvres de Lisa remplacent le bord frais du verre. Elle me couche sur le lit par une simple pression de son corps, se relève et met un CD de Gilberto Gil. Douce mélasse du cœur insouciant qui me ravit. Je glisse dans un temps mystérieusement suspendu et théâtral, puis je sens la main de Lisa qui me caresse et je ferme les yeux.

Ses doigts légers et chaleureux sont une sorte de masque subtil, comme s'il fallait une couche irréelle entre ma peau et le visage qu'elle a rêvé pour moi. J'entre si profondément dans la sensation que je sens à peine le masque se poser sur mon visage. La sensation d'un grand oiseau qui couverait mon visage, une sorte d'œuf lisse et mou auquel s'ajoute une coquille un peu plus consistante.

Le masque adhère bien à la peau. Mes yeux trouvent l'ouverture parfaitement dessinée. Je sens que de la matière me comble. C'est étrange et délicieux de sentir un contact sur le nez. Mon nez est ce qui m'a le plus manqué. Si je louchais, je ne voyais rien. Impressionnant. Mais maintenant je louche et je vois mon nez. Mon cœur se met à battre plus rapidement. Il n'y a plus aucune pression sur le masque. Simplement deux élastiques qui passent dans mes cheveux touffus. Le carton tiédit, s'accorde à la température humaine. Je le sens souple autour de mes lèvres qui sortent pour embrasser la nuit.

Je suis suspendu entre deux mondes, celui de la réalité et celui d'une sensation abstraite, comme si je cherchais dans le silence de la chambre, la présence de Lisa, des compagnons à mon visage.

Lisa se lève, le lit bouge, je vois qu'elle allume une bougie dans la salle de bains, près du miroir. Elle revient vers le lit, elle m'aide à me lever et me fait avancer vers la bougie avec une solennité de jeune mariée, en me tenant délicatement par la main.

Je me vois de loin, je suis saisi, je me retrouve. C'est mon visage, c'est un visage que je peux imaginer comme mien. En m'approchant du miroir, je me découvre et, comme Bogart, je me palpe. Ne pas trouver la peau ne me gêne pas, je la sens vibrer au-dessous grâce aux caresses de Lisa. Lisa a peint le masque, il est bariolé de rouge, de noir et de blanc. Mon visage est un tableau.

Elle me laisse le temps de me tourner de

trois quarts, dans un sens puis dans l'autre. Je remonte le temps. J'abolis l'instant fatal. Je retrouve la part manquante de ma forme et je vois combien elle est un mélange d'illusion et de réalité, ce que nous sommes tous. Quel visage peut traverser le temps sans devenir un masque ? Quel visage peut prétendre à la fraîcheur insouciante d'un premier regard ? Il y a une densité extrême des visages qui les rend pesants. Un instant j'imagine un monde dans lequel on ne rencontrerait que des masques. Toutes les réunions du monde, tous les conseils d'administration ressembleraient à des fêtes où jamais on ne verrait le visage authentique. Masques bariolés. J'imagine la légèreté, l'anonymat, la difficulté d'entrer dans la manipulation. Il n'y aurait de vrai que les yeux et la bouche. Il faudrait s'embrasser pour savoir si nous allons signer un contrat, une charte humanitaire, pour savoir si nous allons nous adonner aux jeux de l'amour ou de la guerre. Ah ! Rien que cette immédiateté-là !

— Alors ?

— C'est moi. C'est mon visage.

À cet instant, Lisa fait quelque chose d'étrange. Elle s'agenouille et me baise les pieds. Je sens ses lèvres sur ma peau, sur mes chevilles.

— On sort ?

— Si tu veux.

— Il faut que le monde te regarde.

Je descends lentement les marches les unes

après les autres dans une grande lenteur et soudain je comprends pourquoi elle m'a embrassé les pieds : c'est pour qu'ils puissent porter mon corps et mon visage au grand jour, car, curieusement, il fait jour. Je ne sais pas comment le temps est passé.

Nous marchons dans les ruelles, Lisa me guide. Nous arrivons bientôt à une artère plus importante, de celles que je fuis d'habitude, pleine de boutiques et de gens. Nous fendons la foule. Personne ne fait attention à moi. Seule une jeune fille me regarde avec perspicacité et en un geste étrange touche son front, une caresse hors du temps à travers le regard presque vert qui passe l'axe de ma vision.

Je me retourne. Elle se retourne. Je serre si fort la main de Lisa que j'entends ses articulations craquer.

La conception de l'infini par la négation de toute limite

J'ai demandé à ma mère de venir passer quelques jours avec moi. Elle adore les bateaux. Je l'ai entendue monter l'escalier de son pas léger comme le nombre sept. J'avais laissé la porte entrouverte. J'étais sur la terrasse avec le cerf, je buvais un café en regardant le port. Un immense paquebot s'éloigne, toutes ses cabines illuminées, la nuit commence à envelopper la mer, tout n'est que lumière fragile et tremblante avec, entre les nuages, un croissant de lune qui apparaît et disparaît capricieusement. Comme le cerf avait adopté le canapé, j'avais sorti deux fauteuils. Ma mère caresse la tête du cerf, comme si c'était un chien, avec cette légèreté que j'aime. L'extraordinaire ne la surprend jamais, seule la médiocrité la contrarie.

Comme toujours quand elle me serre dans ses bras je suis pris d'un spasme de félicité, en fait j'ai l'impression que, depuis ma naissance, elle me tient contre elle, même à distance. Elle avait accouché à la maison avec une sage-femme. Si elle avait pu, elle aurait accouché seule dans un champ ou dans la montagne, coupant le cordon ombilical avec les dents, léchant le placenta comme une louve. C'est ce genre de femme. Dure et tendre, ancestrale. Dans ses bras on se sent tenu, aimé, protégé. Une bombe aurait pu tomber sur la maison qu'elle ne m'aurait pas lâché.

Elle s'assied face à moi. Ses cheveux sont gris, son œil est toujours aussi étincelant. La finesse de ses traits respire l'intelligence et l'ardeur. Sa bouche mystérieuse, très mobile. Lorsqu'elle cherchait à résoudre un problème mathématique, je me souviens qu'enfant je regardais ses lèvres en mouvement constant. Elle parlait à l'invisible.

— Il vient d'où ton ami ? dit-elle avec un sourire amusé.

— Il est apparu, tout fumant, il y a quelques jours, dans une ruelle sombre. Il m'a suivi. C'est comme si nous avions vécu ensemble dans la forêt pendant des siècles.

— Que se passe-t-il ? À part le cerf, tu as rencontré quelqu'un ?

— Elle vient dîner avec nous tout à l'heure.

— Comment elle s'appelle ?

— Lisa.

— Je t'avais dit que cela arriverait. Je le sentais depuis quelques semaines.

— Tu crois que ce cerf pourrait avoir quelque chose à voir avec celui de l'accident ?

— Oui, s'il a mis quinze ans pour venir de Perpignan à Gênes.

— Tu sais, j'ai toujours eu cette sensation étrange, même pendant le coma, que le cerf, après l'accident, s'était approché de la voiture et qu'il nous avait flairés, Sandra et moi. Ce n'est pas une idée, c'est une sensation. Je crois qu'il m'a reconnu, qu'il m'a retrouvé.

— Tu devrais boire un peu moins.

— On dit qu'il y a des chiens ou des chats qui traversent un pays entier pour retrouver leur maître.

— C'est vrai qu'il a une indéniable noblesse.

Le cerf nous regarde comme un vieux Chinois regarde des touristes.

— Tu veux que je prépare quelque chose pour le dîner ?

— Lisa apporte tout mais j'ai acheté des citrons, de la farine et du beurre.

— Ça sent un peu l'urine de cerf.

— Pourtant je viens de rincer la terrasse.

— On dînera à l'intérieur.

Pendant que ma mère prépare la croûte au citron, les images des moments heureux défilent. Elle retrousse les manches de sa blouse et pétrit la pâte qu'elle replie en trois avant de la travailler à nouveau. Les citrons sont si odorants que je sens presque la fleur de citronnier.

Après une quinzaine de minutes dans le four, l'odeur mêlée du sucre citronné et de la pâte envahit la pièce. Je rentre les fauteuils et nous

nous servons un verre de malvoisie. Elle a toujours adoré ça.

Lisa arrive chargée de paquets, elle dépose tout sur la table. Ma mère la regarde avec attention pendant quelques secondes, elle se lève et l'embrasse chaleureusement. Les bougies sont allumées, les plats et les assiettes valsent, le vin s'ouvre, les lasagnes profitent du four encore chaud, le *vitello tonato* est dans un plat, les *carciofi* dans un autre et nous sommes à table. Pour que les choses soient claires, Lisa dévisage ma mère et dit de sa belle voix :

— Je suis transsexuel et prostituée.

— Peu importe qu'il y ait un cerf sur le canapé, une croustade dans le four, un androgyne, une femme âgée et un homme au visage mystérieux, ce qui compte, c'est que nous soyons tous là, en ce moment, et qu'il se passe quelque chose.

— Antoni m'a souvent parlé de vous. Il vous a dit que je lui avais fait un visage ?

— Il a toujours eu la fascination des masques, même avant l'accident, dit-elle en regardant celui que j'avais posé sur le rebord de la cheminée.

Ma mère se lève, s'approche, caresse le masque comme si c'était mon propre visage. Elle se retourne, deux larmes sur les joues.

— C'est Antoni, c'est exactement le visage qu'il aurait aujourd'hui. J'aurais pu le reconnaître même exposé dans une vitrine de Turin.

— C'est sorti tout seul, à force de le regarder, c'est comme si son visage se modifiait et prenait la forme que je lui ai donnée. Mes mains travaillaient toutes seules. J'avais la sensation d'assister à une sorte de naissance, je n'y étais pour rien.

— C'est ce que j'appellerais de l'amour.

À cet instant le cerf entre, il s'approche de la table et d'un coup de langue agile nettoie le saladier plein de *rucola.* La verdure devait lui manquer. Puis il donne un léger coup de museau au visage de ma mère et reste là, planté, à nous regarder dans les yeux.

— Après tout, tu as peut-être raison, ce cerf dégage quelque chose de particulier.

— Un de ces jours, il va peut-être se mettre à parler.

Nous descendons quelques bouteilles et finissons la nuit bien éméchés. Le cerf, lassé, est retourné sur son canapé puis, lorsque nous sommes sortis pour raccompagner ma mère à son hôtel, il est venu avec nous.

— Tu ne crois pas qu'on devrait trouver un parc, qu'il puisse brouter un peu d'herbe ?

— Je ne suis pas certain que les cerfs mangent de l'herbe.

Nous avons marché jusqu'à un jardin et le cerf, content, s'est mis à brouter avec entrain. Il était à son aise. Parfois il relevait la tête vers les cimes des grands platanes, il humait l'air.

Lisa et moi, nous sommes assis sur un banc et nous le regardons.

— Ta mère est magnifique. Je crois qu'elle m'aime bien.

— Je l'ai vu tout de suite. Tu n'avais pas encore déposé les courses sur la table qu'elle t'avait déjà adoptée. En fait, la seule personne que j'aimais et qu'elle n'aimait pas, c'était Caroline, ma première amoureuse. Une blonde hautaine qui faisait du cheval.

— Chasse à courre, elle aurait pu planter un coutelas dans le cœur du cerf cerné par la meute.

— Tout à fait. Tu sais ce que j'ai fait pour lui prouver mon amour ?

— Non...

— J'ai traversé la ville sur les mains.

— Et ça n'a pas suffi ?

— Non. Enfin si, mais elle ne me l'a pas dit. C'est seulement il y a une semaine qu'elle m'a téléphoné pour me dire que personne ne l'a jamais aimée comme je l'ai fait. Elle voulait que je vienne la voir, vingt ans après.

— Tu vois, marcher sur les mains, c'était une bonne idée. Tu ferais ça pour moi ?

— Je n'ai plus l'entraînement. C'est très dur.

— Alors, il faut te remettre en forme.

C'est tout à fait étrange de voir le cerf brouter dans la nuit parfumée par un eucalyptus. C'est tout à fait étrange de le voir boire dans la fontaine centrale. C'est tout à fait étrange qu'un homme sans visage contemple cette scène au côté d'un androgyne aux formes magiques, mais le plus étrange est de voir Lisa se déshabiller et plonger dans la fontaine. Une petite voiture de police s'arrête, deux grands *carabinieri* en sortent et se dirigent vers nous d'un pas nonchalant. Je les vois avancer. Ils ne marchent pas dans l'herbe mais empruntent les allées, sans doute pour ne pas salir leurs bottes.

Arrivés près de moi, ils me saluent :

— Monsieur, vous connaissez ces gens ?

— Vous voulez dire cette dame et cet animal sauvage ?

— Oui, dit le plus âgé.

Le plus jeune découvre mon visage avec stupeur. Dans la pénombre, il ne lui était pas apparu immédiatement. Son collègue est plus intéressé par les seins de Lisa.

— Vous avez vu la lune ?

— Elle est belle, cette nuit, répond le jeune carabinier.

Il s'approche de son collègue et lui aussi regarde Lisa, les yeux écarquillés.

— Chef, je crois qu'on devrait s'en aller.

— Détends-toi. Pour une fois qu'on assiste à quelque chose d'extraordinaire qui ne soit pas un crime.

— Je crois qu'on a trop bu, chef.

— Alors je vais boire toutes les nuits.

Ils sont partis. Nous sommes rentrés. Un peu plus tard, dans les bras de Lisa : Il n'y a pas de frontière saisissable entre l'imagination et la réalité. J'ai somnolé contre ses seins en pensant que la littérature rendait toute chose aussi frémissante que le reflet de la lune sur la mer. Le cerf a bramé, puis nous nous sommes endormis.

La surface n'a pas de profondeur

Almodóvar me fait entendre un tango de Troilo. C'est la musique qu'il a choisie pour le générique. Il est enthousiasmé par les bouts d'essais et veut les inclure dans le film, il dit qu'on voit le monde sur mon visage lisse. Je lui montre le masque, quelque chose vibre dans sa silhouette lunaire.

— C'est Lisa qui l'a fait ?

— Oui.

— C'est une artiste. Tu lui as dit qu'elle jouerait son rôle dans le film ?

— Pas encore.

— Alors je vais le lui dire moi-même. J'ai trouvé les acteurs. Une très belle jeune comédienne pour Sandra et je crois que je voudrais que ta mère joue aussi dans le film, j'ai bien regardé sa photo. Tu sais, moi j'aime travailler en famille. Il y a juste un problème : le titre. Pour le livre, c'est bien, mais pour le film, je voudrais l'appeler « Le Théorème du désir », si tu veux bien.

— Ça me plaît.

— Tu comprends, Almodóvar, c'est moi, alors ça pose un problème.

— *Claro.*

Almodóvar ne tient pas en place. Il passe du studio à la terrasse, commence un dialogue muet avec le cerf, revient à l'intérieur. Il fait un peu frais ce soir.

— Il a maigri, ton cerf.

— Il ne mange que des marrons et l'herbe des jardins.

— Je vais prévoir une cantine spéciale pour lui. Mon assistante s'en occupe. Je me suis renseigné aussi sur les teintures, que ça ne soit pas toxique. Il faut absolument qu'il soit un peu rose pour les scènes qui se passent chez Lisa. Pour le reste, il aura sa belle couleur naturelle. Il a vraiment des bois incroyables. Entre ça et la bite de Lisa belle comme un Brancusi, le côté esthétique du film est assuré. Il ne restera plus qu'à jouer avec la lumière et la musique. Je ne t'ai pas dérangé pendant que tu écrivais, j'écrivais parallèlement. C'est la première fois que deux histoires différentes coulent de la même source. Tu sais, quand on s'est rencontrés, pour moi c'était comme de voir l'oracle de Delphes. J'ai tout de suite pigé qu'il y avait là une révélation. Le truc le plus urgent pour moi, maintenant, c'est de voir ta mère.

— C'est possible. Elle est là.

— Téléphone-lui.

— Je lui dis de venir maintenant ?

— Oui, comme ça je vais vous raconter le film. Je n'ai pas suivi la trame du livre de très près, j'espère que tu ne seras pas choqué.

— J'aime le cinéma.

— Alors tout va bien. Tu sais, j'ai besoin de m'approprier une histoire pour voir les images, choisir les acteurs, inventer leurs gestes avec eux.

Deux heures plus tard, ma mère était là. Almodóvar était heureux comme un gosse.

— Tu vois, nous deux, on a connu des femmes extraordinaires, c'est ce qui nous rapproche. Les hommes sans femme sont secs. Il leur manque un truc. C'est comme s'ils avaient tété du lait en poudre.

— Ta mère t'a élevé au sein ?

— Il n'y avait rien à bouffer en Espagne quand j'étais petit. Les femmes faisaient des miracles. Elles étaient le nerf de la vie. Les hommes noyaient leur désespoir. Vous savez, pour nous, l'après-guerre a duré quarante ans. Une milonga désespérée.

Nous avons bu un bon vin piémontais, fait disparaître un salami et une miche de pain. Almodóvar a fait une petite pause puis il s'est mis à raconter le film.

— Tout commence par le cerf qui parcourt la forêt, saute par-dessus les troncs, traverse un étang, les fougères, il est d'une puissance majestueuse. On entend le tango. C'est le générique.

Au loin, le moteur d'une voiture qui s'approche. Le cerf débouche sur une route de campagne, il est aveuglé par les phares jaunes, il s'immobilise. Toute la scène est vue à travers son regard. La voiture fait une embardée, les phares quittent le cerf. On entend le crash de la 4L qui s'écrase contre un platane. Le cerf s'approche de la voiture fumante. On découvre les corps ensanglantés de Laura et d'Antoni, étrangement enlacés. Laura a une jambe autour du cou d'Antoni. Là, Laura ouvre une seconde les yeux avant de mourir et voit le cerf qui se penche sur elle et la flaire. Sa tête se relâche. Le cerf flaire Antoni. *Cut.* Chambre d'hôpital très sombre. Le clignotement des lumières d'appareils électroniques, leur bruit. On découvre le visage bandé, on suit le bras, on arrive à la main d'Antoni, on voit une autre main qui la tient, on glisse jusqu'au visage de Gloria qui parle d'une voix à peine audible :

— Mon amour, je sais que tu m'entends. Reste avec moi. Pense à la série de Fibonacci, comme si elle ordonnait le monde de ton cerveau. Pense que la série est constituée par l'addition des deux nombres précédents et va ainsi en s'accroissant : un, deux, trois, cinq, huit, treize, vingt et un... Continue par toi-même... La croûte au citron est au four, tu la sens ?

Gloria se lève, s'approche doucement, on voit son ample décolleté. Elle sort ses seins de son corsage et les fait glisser tendrement sur le visage bandé d'Antoni :

— Respire-moi, reviens à la vie, c'est si proche. Ne laisse pas les nombres disparaître... Tu les vois flotter dans le ciel, tu entends leur musique discrète ?

Elle regarde le battement lent du pouls sur le cadran, replace ses seins dans son corsage.

— Comment savez-vous que j'ai fait cela ?

— Il se passe d'étranges choses lorsque j'écris. J'ai imaginé que c'est ce que ma mère aurait fait.

— Excusez-moi, continuez.

— Ensuite, il y a un flash-back. On voit Antoni en noir et blanc qui traverse la ville sur les mains. J'ai cherché à retrouver le document d'actualité mais il n'a pas été conservé. C'est dommage, j'aurais adoré l'utiliser, mais ce n'est pas grave, on va le refaire. C'était bien au printemps 1987 ?

— Oui, c'est ça, le 19 avril, en plein week-end de Pâques. Enfin, c'est le jour où j'ai commencé. Le cameraman est venu un peu plus tard, le week-end suivant, je crois.

— Gloria, vous n'avez pas gardé une cassette, par hasard ?

— Non, nous n'avions pas la télévision.

— Et Caroline ?

— J'ai son numéro, si tu veux.

— On ne sait jamais. Je vais la faire appeler. Bon... je continue. Les scènes de déambulation nocturnes sur les mains (l'acteur s'entraîne) sont entrecoupées de scènes nocturnes elles aussi où l'on voit Caroline sur son cheval au galop. Ça suffit pour faire sentir la distance, le mépris.

— Mais je crois qu'elle souffrait terriblement.

— Les blondes ne souffrent pas, dit ma mère avec une pointe d'humour glacé.

Je sentais qu'elle lui en voulait encore.

— Je peux mettre cette réplique dans le film ?

— Si vous voulez.

— Alors je la mettrai juste à ce moment-là. *Cut.* Chambre d'hôpital. Une infirmière découpe et enlève les bandes, un léger dégoût sur son visage mais c'est une professionnelle, elle le cache très vite. Antoni se lève, il se dirige vers le miroir, se découvre et d'un coup de tête brise le miroir.

— Ce n'est pas ce qu'il a fait, dit ma mère.

— C'est le film. Ensuite, on le voit longer les murs dans les ruelles obscures, avec son chapeau et son cache-nez. Le temps passe. On voit quelques bandes d'actualités : images violentes. Répressions. Elles rythment les pérégrinations nocturnes d'Antoni. C'est l'apprentissage de la solitude. *Cut.* On voit le cerf de nouveau, il traverse les campagnes, les rivières. Changements de décors. Montagnes. Mer. Il parcourt de vastes étendues de jour comme de nuit. Seconde opération, on enlève les bandes et Antoni se voit comme un Picasso mais les cicatrices sont plus fines qu'avant. *Cut.* La rencontre avec Lisa. Je ne suis pas dans le film. Elle a lieu directement. C'est le moment difficile du scénario. Le cerf retrouve Antoni et le suit. À nouveau, c'est à travers son regard qu'on voit évoluer les rapports de Lisa et d'Antoni, la fascination sexuelle de l'androgyne. J'aimerais monter tout cela d'une manière un peu plus crue, cela semblera plus extraordinaire. Le cerf n'a aucune référence morale, philosophique, historique. Pour lui, vous êtes deux animaux qui s'accouplent. C'est pour cela que je le prends comme témoin. Je ne sais pas si vous avez lu le roman de José Carlos Llop, *Le messager d'Alger*, qui commence par la trouvaille en 1991 d'un corps momifié dans une crevasse glacière, quelque part dans les Alpes italiennes. Après analyse par l'institut médico-légal d'Innsbruck, on découvrit que la momie avait cinq mille trois cents ans, qu'elle était morte d'une flèche qui lui avait perforé le poumon et qu'elle avait des traces de sperme dans le cul. Les hommes du néolithique semblaient jouir de cette liberté que je revendique.

— Les animaux font l'amour avec infiniment plus de douceur et de subtilité que les êtres humains. C'est un cliché de dire que les humains se comportent comme des bêtes, dit ma mère, légèrement révoltée.

— C'est vrai, vous avez raison, mais ce que je vois dans le regard du cerf, c'est qu'il gomme toute simagrée affective, le côté gluant de la chose, ça ne veut pas dire qu'il n'y a pas de tendresse, mais je veux quelque chose de non sentimental qui ne soit pas non plus désespéré. C'est un territoire nouveau que j'explore. Une autre manière d'envisager les relations sexuelles. Quelque chose de brut comme un filet de diamant dans de la roche sombre. J'en ai marre de la mièvrerie sentimentale, des promesses d'éternité, du contrôle des passions, de la manipulation amoureuse qui fondamentalement nous conduit toujours au même désastre, à la même solitude. Alors ça d'un côté, représenté par la bonbonnière de Lisa, par le cerf rose et l'alternative, c'est ce que j'ai déjà montré mille fois dans mes films, le sexe dur, désespéré. J'ai soixante-dix ans, je veux voir autre chose. Une délicatesse fondée sur l'instant, sur la virginité mentale, sur le fait que l'autre reste à jamais un inconnu. C'est ça, la source de la fraîcheur.

— Magnifique, dit ma mère, enthousiaste.

— Je crois que c'est ce que nous touchons, Lisa et moi.

— Les jeunes générations ne peuvent plus continuer à être prises dans cette alternative : sentimentalité-indifférence. C'est le moment d'ouvrir une troisième voie. Le XXIe siècle sera athée ou ne sera pas !

Nous rions, buvons.

— Bon, pour le moment j'en suis là. Il me faut encore quelques semaines de travail. Si on allait dîner ? Je vous invite. Antoni, appelle Lisa avant qu'elle aille bosser.

Nous nous rassasions d'alevins. Nous sommes déjà dans le film. Ma mère repart heureuse alors que Lisa et moi nous faisons l'amour. Le cerf est tourné vers l'infini. Ce n'est qu'au début que nos ébats semblaient l'intéresser. Peut-être s'ennuie-t-il de sa forêt ?

Nous croyons que l'étendue existe partout où nous ne voyons pas de corps

Une nuit, dans une chambre d'hôtel, j'ai lu ces mots peints sur les murs au pochoir : DÉSIRE POSSIBLE FORGOTTEN HOPE REMINDED NEEDED WAITING IMAGINE SOMEHOW ALONE BEYOND ALMOST GOING THERE UNKNOWN. Ils résument assez bien les mouvances de ma vie. Les limites entre lesquelles mon désir tente de déboucher sur un nouvel espace. Mon univers est étroit, je me cogne facilement contre ses angles. Lorsqu'il manque à la vie quelque chose de capital, un visage, la passion, une parcelle de compréhension du monde, on en vient à s'imaginer que, sans ce handicap, la vie serait meilleure, légère, gracieuse. Je crois que c'est un leurre, une paresse.

Lisa est endormie dans mes bras, elle respire paisiblement. Je sens son ventre entrer doucement dans le mien qui se creuse. Nos corps sont restés imbriqués toute la nuit. Plus que le sexe, c'est ce contact qui m'a manqué cruellement. J'ai glissé dans chaque nuit comme un promeneur halluciné. Quelles que soient les émotions qui me traversaient : les joies, les espoirs, ils finissaient tous par s'écraser sur l'obstacle de ma solitude. Il y a dans ce plaisir animal à être blotti contre un autre animal une satisfaction primale. Même sans amour, il devrait y avoir des échanges nocturnes entre les êtres. Des cafés où l'on se réunirait pour trouver son partenaire d'imbrication pour la nuit. Un site Internet. Une île perdue dans un Pacifique quelconque où sur une plage mentale, dans le sable bleu chauffé par la lune, on pourrait savoir qu'une peau humaine nous attend.

Lisa se retourne, je suis maintenant collé à son dos, je respire sa nuque, je tiens sa bite dans ma main gauche avec la puissante sensation d'être relié à l'essentiel. Le jour se lève, sur la terrasse, j'entends le cerf pisser puissamment. Tout à coup je remercie la Terre, le cosmos, même le ciel d'avoir mis fin à ma solitude. Je ne demande pas l'éternité. Quelques semaines suffiront sans doute à faire de moi un être humain. Après, je repartirai d'un bon pied.

Je me lève sans bruit pour préparer le petit déjeuner. Café, toasts. Pendant que le café coule, j'ouvre l'enveloppe laissée par ma mère. C'est l'adresse d'un chirurgien plastique de Milan qui, dit-on, fait des merveilles. Il y a une lettre de lui adressée à ma mère :

Madame,

J'ai considéré avec la plus grande attention la photo de votre fils, que vous avez bien voulu me faire parvenir. Je pense qu'il est tout à fait possible de redonner à son visage une apparence qui le ferait ressembler aux autres photos de lui, avant l'accident. Bien sûr, il est impératif que je le voie en personne pour un examen approfondi. J'attends donc son bon vouloir et vous assure qu'il sera traité par mon équipe avec le plus grand soin.

Dans l'attente de cette visite, je vous prie d'agréer, Madame, l'expression de ma considération distinguée.

Professeur Maximiliano Bertolo

Lisa se lève, elle passe mon peignoir bleu, vient se placer derrière moi. Je lui montre la lettre.

— Imagine que ce soit comme mon masque mais vivant... Tu aimes bien porter mon masque, non ?

— C'est vrai... Mais tu sais, c'est très cher, je n'ai pas cet argent et ma mère vit modestement avec sa retraite. Et il n'y a pas que ça... J'ai peur de redevenir quelqu'un de normal. De ne plus avoir aucune excuse pour vivre en marge du monde.

— Mon chéri, ce n'est pas parce que tu as un visage digne de ce nom que tu n'as plus le choix de vivre comme tu veux. Et si c'est une question d'argent, j'en ai. Tu as vu comme je vis simplement alors que je me fais entre trois cents et cinq cents euros par nuit. J'ai largement de quoi payer ton opération.

— Qu'est-ce que tu veux faire avec cet argent ?

— Tu sais, faire la pute, c'est comme faire la ballerine, ça ne dure pas longtemps. Alors je pensais acheter une boutique spécialisée dans les vêtements affriolants pour mes copines et pour les autres. Tu crois que ça pourrait marcher ?

— Si c'est toi qui tiens la boutique, oui.

— Autrement, on peut se tirer tous les deux dans un pays où la vie n'est pas chère et claquer mon fric tranquillement. On verra bien.

Lisa allume une cigarette et s'assied les jambes croisées sur le coin du lit. Elle rêve à haute voix :

— Imagine une petite maison très simple sur une plage au Mexique ou en Amérique du Sud. On pêche, on bouffe des plantains, du riz et des haricots noirs. Pas de chauffage, pas d'électricité, pas d'impôts, pas de loyer. J'achète la maison et toi tu écris pendant que je vais au marché chercher les trois ou quatre choses qui nous manquent. On peut même aller en Afrique, au Sénégal, c'est à trois heures d'avion.

— Je n'aime pas trop m'exposer au soleil, surtout si je me fais opérer.

— Alors je t'emmènerai en Norvège au bord

d'un fjord, le temps que les cicatrices et les tuméfactions se résorbent.

— Tu parles sérieusement ?

— Tout ce qu'il y a de plus sérieux. Je suis prête à partir demain pour Milan. Tu veux que je demande un rendez-vous ? Je t'accompagne.

Nous prenons notre petit déjeuner. J'essaie de m'imaginer avec un visage, une fiction de visage. Être un type normal que personne ne remarque.

— Qu'est-ce que tu aimes dans ta vie ?

— Le fait que je n'ai pas à me conformer à quoi que ce soit. J'ai été condamné à être original.

— C'est ce que j'aime moi aussi.

— En fait, ce que j'aime, c'est cette proximité que j'ai avec moi-même. Je sais ce qu'il se passe à tout instant. Je ne suis pas distrait par une vie. Les premières années, c'était terrible, mais maintenant je m'y suis fait... J'en jouis... Personne n'a d'influence sur ma vie, toute beauté n'est qu'un accident... je suis prêt à tout instant à revenir à la case solitude.

— Et le cerf ?

— Quoi, le cerf ?

— Pourquoi est-il venu ?

— Je ne crois ni en l'au-delà ni aux sornettes magiques.

— Pourtant nous vivons avec un cerf, mon chéri. Explique-moi comment tu vois les choses ?

— Justement, c'est l'une de mes libertés, je

n'ai pas à expliquer les choses. Elles sont. C'est suffisant.

— Je croyais que tu étais un scientifique.

— Les scientifiques qui expliquent le connu perdent leur temps. Pour moi, un scientifique n'est tourné que vers l'inconnu, c'est sa seule fascination. Si tu rencontres une étoile de mer, elle ne t'explique pas l'océan.

— Moi, je crois que ce cerf est là pour nous dire quelque chose sur notre vie.

Je sors sur la terrasse pour regarder le cerf, percer son mystère, l'interroger en silence. Tout ce que je vois, c'est une sagesse distante, une noblesse que les hommes ont perdue. Un léger ennui que nous ne comprenons pas. Une patience.

Il me laisse une toute petite place sur le canapé, je la prends, je caresse sa tête, juste entre les bois et sa petite barbe de Chinois. Il y a dans son œil une douceur indifférente qui me touche profondément. Je goûte l'avantage du silence. Les divergences n'affleurent même pas. De toute manière, quelles divergences peut-il y avoir entre un homme et un cerf ? L'un aime la ville, l'autre la forêt. L'un est chasseur, l'autre pas. L'un est fasciné par les mathématiques, l'autre par les baies sauvages qu'on dit hallucinogènes. Il paraît que c'est pour cela qu'ils regardent fixement les promeneurs, ils sont raides défoncés.

Ma vie est en suspension et, lorsque j'y pense,

peu importe d'avoir un nouveau visage, de vivre dans une cabane au bord de l'océan. La seule chose qui m'apporte un frémissement continu est l'écriture. Le sexe est puissant, il apporte l'invasion, l'oubli, les sensations extrêmes, le silence enfin retrouvé. Je ne crois pas que je pourrais m'en passer. Lisa me rejoint, elle va sur le bord de la terrasse, rêveuse, revient vers moi.

— Alors, qu'est-ce qu'il dit ?

— Sa grandeur, c'est son silence.

— Je rentre chez moi, tu me gonfles.

J'ai laissé Lisa partir sans un mot. Elle a raison, je suis insupportable. Elle m'offre sa vie, je ne suis qu'hésitation. Je ne sais même pas si j'en suis là. En fait, non, je ne suis pas encore arrivé au point où j'hésite. Je suis dans un autre temps, une sphère parallèle où il est difficile de me rencontrer. Même Lisa ne peut faire que des incursions dans ce territoire sans forme qui est le mien.

L'esprit prend l'habitude de la forme au point qu'il ne peut même plus imaginer le vide. Mon esprit est à l'aise dans le vide. C'est là qu'il se relâche, qu'il s'abandonne, qu'il jouit du sans-forme. Alors pourquoi entrer dans le jeu ? Pourquoi les autres ? Si je peux écrire ma vie, n'est-ce pas l'unique privilège ? Je ne suis pas habitué à recevoir. C'est ce que j'aime chez ma mère, elle sait qu'elle n'a pas besoin d'être présente physiquement. Trois rencontres par an me suffisent amplement. Ce sont ces retrouvailles qui nous lient.

La fête au centre du vide, c'est sans doute cet élan vers le sans-référence, l'instant tout frais, à peine déballé, recouvert de son papier phosphorescent. Mais le centre du vide est inaccessible, d'abord parce qu'il n'y a pas de bordure, ensuite parce que tout corps plongé dans l'illimité ne peut faire que l'expérience de l'illimité. Si Roberto Juarroz, le poète argentin, était encore de ce monde, j'aurais pris le bateau pour en débattre avec lui. Je l'admire, car sa boussole ne montrait que le sud et que toute sa vie il a marché vers le sud. Quels sont les écrivains qui montrent cette farouche détermination ?

Je suis dans le jardin avec le cerf qui broute. Il est cinq heures du matin et mon corps tout entier pense à la proposition de Juarroz, je la vois comme un problème mathématique, comme une énigme newtonienne. Où est la fête au centre du vide ?

Lisa apparaît comme une tentative de réponse.

Elle est triste et tendue. Trois jours que nous ne nous sommes vus.

— Je suis passé chez toi, j'avais besoin de te sentir contre moi et j'ai pensé que tu devais être là.

— Je suis presque venu te trouver il y a quelques heures.

— Embrasse-moi !

Nous nous sommes embrassés puis je l'ai prise un peu sauvagement alors qu'elle s'appuyait contre un arbre. Il y avait quelque chose de désespéré dans notre étreinte, nous cherchions une barque sur l'océan.

De retour au studio, elle m'a fait l'amour avec une grande douceur et, lorsqu'elle m'a pénétré, il faisait jour et j'ai poussé le plus grand cri de ma vie. Un désespoir chauffé à blanc émergeait dans ce cri. Il venait de l'intensité sexuelle, du membre magnifique de Lisa, de sa tendresse, de ma tristesse et de mon incapacité à me laisser aimer, mais tout cela était vague car mon corps tremblait dans une extase qui ressemblait à un coup de poing. Son sexe me pourfendait, traversait mon cœur, faisait exploser mon cerveau. C'était la sensation la plus forte qu'il m'ait été donné de vivre, avec mon accident. La différence venait du fait que l'accident était post-coïtum, sur le moment je n'ai rien senti. Le reste, ce que j'ai vécu avec Sandra, était trop idyllique pour que je puisse le comparer à ce saccage du cœur.

Almodóvar passe trois fois en coup de vent. Il est dans la frénésie des préparatifs du tournage. La première fois pour me signaler que la société protectrice des animaux refuse qu'on teigne le cerf en rose. La deuxième pour me dire que les bouts d'essais avec Lisa ne sont pas concluants et qu'il a engagé Bibi Andersen, son actrice fétiche, pour jouer le rôle. La troisième pour me confirmer que le tournage commence demain.

Demain c'est aujourd'hui. Je me rends au lieu dit, une route de campagne bordée de platanes. Il y a là une 4L, quelle fidélité au texte ! Je fais la connaissance de Sandra et d'Antoni. Sandra n'est pas Sandra, Antoni n'est pas moi. Mais la surprise, c'est le cerf. C'est un cerf sur roulettes, un cerf taxidermisé, aux yeux de verre, mais qui peut bouger la tête et sortir la langue. C'est toute la beauté de la fiction. Lui n'est plus protégé, il est trop tard. Bien sûr, l'animal est sociable. L'actrice a un moment de recul lorsqu'elle me voit. Antoni m'observe comme un médecin légiste. C'est un professionnel, il veut tout savoir de moi. Je me rends compte à quel point j'ai horreur des questions. La plus anodine me fait penser à l'Inquisition. On sait comment on entre, on ne sait pas comment on sort. Si sortie il y a. C'est à ce moment que j'ai compris que jamais je n'accepterais d'être interviewé, visage ou pas. Toute ma substance se trouve dans ce livre. Je n'ai pas d'histoire personnelle à raconter. Rien à dire sur cet Antoni Casas Ros.

L'acteur me presse. J'esquive. Pendant un instant j'imagine que les cascadeurs ont mal réglé l'accident, que la pseudo-Sandra et le pseudo-Antoni y laissent l'un sa peau, l'autre son visage. Ne serait-ce pas parfait ? Le film deviendrait un documentaire et l'autre saurait ce qu'il cherche à savoir. Tout le monde est nerveux, sauf Almodóvar qui sillonne les lieux comme un fauve tranquille.

— À quoi tu penses ? dit l'acteur.

— Je pense que tu vas vraiment t'écraser sur ce platane et que tu connaîtras ma souffrance de l'intérieur.

Le visage de l'actrice semble se retirer en lui-même, disparaître sous sa propre peau. Lui s'en va en haussant les épaules. Almodóvar règle les détails. La place du cerf, la lumière. La scène se tourne de nuit. Il y a deux 4L, celle qui roule et celle qui est déjà encastrée dans un platane.

Les caméras sont en place. La scène de cavalcade dans la forêt a déjà été tournée. Le preneur de son est là, l'oreille au bout d'une tige télescopique.

— En place, on tourne la scène dans la voiture pour commencer, dit Almodóvar.

Le couple s'installe. Almodóvar explique :

— Vous êtes bourrés et heureux. Tu viens d'avoir ta maîtrise de maths. Sandra, tu rêves à ta prochaine photo. Tu conduis assez vite, on voit défiler les platanes. Sandra, quand tu le sens, tu détaches ta ceinture de sécurité, tu te mets en chien de fusil, tu déposes ta tête sur sa cuisse droite, ta main gauche passe dans son dos, ta main droite se pose sur son sexe. Vous continuez comme ça, vous écoutez le tango qui passe à la radio et, tout à coup, Antoni, tu vois le cerf qui apparaît dans les phares. Tu ne vois pas tout de suite ce que c'est, tu es trop bourré. Tu ris, comme si c'était une vision. Comme la voiture est tractée, tu ne verras pas vraiment le cerf. Tu l'imagines. À un moment, tu lâches le volant de la main droite et tu caresses les cheveux de Sandra. Je veux voir ta main qui passe lentement dans ses cheveux. Écoutez bien le tango, c'est important. Allez, on fait une première prise.

C'est parti. J'étais dans le camion tracteur, cela me donnait l'impression d'être Dieu. Pour lui, s'il existait, la vie devrait être comme mille films projetés simultanément sur le fond du ciel gris, chaque silhouette se pliant aux caprices des nuages. J'aime le cinéma mais jamais je n'aurais soupçonné que cela puisse être aussi ennuyeux. Toujours un petit truc qui ne va pas. Un raccord de maquillage. Le son qui flanche. Une étoile filante imprévue. Un caprice. Il faut une patience de démon pour être metteur en scène.

Trois heures plus tard, c'est en boîte. La première partie en tout cas. Après, il y a le plan du cerf docile qui, au milieu de la route, voit la voiture s'avancer vers lui. Almodóvar est ravi. Le cerf est excellent, prêt à tout. Il comprend d'emblée ce qu'on attend de lui.

Ensuite, la voiture quitte la route. Bien réussi. Du premier coup. Spectaculaire !

Vient enfin l'accident lui-même. Les artificiers sont là. Un peu de flammes, un peu de fumée, beaucoup de sang et le tango qui continue étrangement. La radio n'a pas été endommagée. C'est mystérieux de me voir là et de la voir, elle, si mortels, se relevant pour se gratter ou pour refaire la scène. Almodóvar aime le sang.

Pour moi, j'assiste à ma propre agonie. Les images se succèdent en une série de flashes indépendants du film. Mon esprit a stocké ces icônes.

Le cerf et ses bois immenses dans la nuit, l'air qui sort de ses naseaux. Le cerf reconnu comme cerf. Pas un animal mythique. La voiture commence à déraper. Le cri de Sandra. Son regard effrayé. La beauté de son visage et, Almodóvar avait raison, sa main sur la protubérance de mon jean. Je bande. Je comprends que sans le cerf nous serions morts de toute façon un peu plus loin. Au moment où j'aurais fermé les yeux dans la jouissance. Mais peut-être que les choses auraient été différentes. Pas de platanes, seulement de jeunes pousses de noisetiers ou de châtaigniers qui auraient peu à peu freiné la voiture. Sandra ne serait pas morte. Nous aurions eu quelques bleus, un poignet ou une côte cassée. Après une semaine d'hôpital, nous serions sortis. J'aurais continué mes études, je serais devenu mathématicien, Sandra photographe. Nous nous serions quittés, nous saluant à peine lorsque nous nous serions croisés dans la rue. Ou pis, le mariage, des enfants, une vie harmonieuse et banale. L'horreur me fait frémir. Il y a dans tout événement imprévu une grâce qui nous échappe mais qui est tangible. On ne la voit que plus tard.

Pour la première fois, je peux dire que cet accident prend un sens, même s'il n'en a aucun pour Sandra. Mourir à vingt ans, aucune chance d'en tirer une leçon.

La nuit m'a rapproché du fantôme de l'actrice. Je crois qu'elle a vécu l'accident avec assez d'intensité pour savoir ce que j'ai ressenti, pour comprendre sa chance d'être vivante, de pouvoir continuer à tourner, à vivre, à aimer.

Maintenant, tout est différent.

À l'aube, nous nous sommes éloignés par petits groupes. Sandra m'a offert de me raccompagner chez moi. Le plus étrange, c'est qu'elle aussi a une 4L claire. J'ai eu un peu de peine à monter. Elle conduisait. J'ai attaché ma ceinture et lentement nous nous sommes dirigés vers le port en passant par la voie suspendue. Pour une fois c'était moi qui bougeais, pas les bateaux.

Elle se gare au pied de l'immeuble, coupe le moteur.

— Tu veux boire quelque chose de chaud ?

— Avec plaisir. Je n'arrive pas à dormir après le tournage.

Nous montons les sept étages. Elle n'a pas remarqué les bois du cerf, pourtant visibles au-dessus du canapé. J'ai eu quelque chose de chaud : ni du chocolat, ni du café, mais son sexe brûlant qu'elle m'a offert sans le moindre prélude pour se faire pardonner son premier mouvement de répulsion.

Ce n'est que vers midi que nous avons découvert le corps inanimé de Lisa, couchée nue sur le sol, devant le canapé, sous le regard indifférent du cerf. Près de sa main se trouvait un tube de tranquillisants que j'utilisais pour calmer mes névralgies faciales.

J'ai appelé le *pronto soccorso.* Ils lui ont fait un lavage d'estomac et l'ont sauvée de justesse. Sandra s'est éclipsée.

Le soir vient. Je suis là dans la chambre d'hôpital. Je tiens la main de Lisa.

— Ma chérie (c'est la première fois que je l'appelle comme ça), qu'est-ce qui t'a pris ?

— Je n'ai pas supporté qu'Almodóvar me retire mon rôle. Je croyais devenir une star. Changer de vie.

Lisa était pathétique. Son désarroi était immense mais je ne parvenais pas à y adhérer complètement. Change-t-on jamais de vie ? Est-ce qu'une action ou un succès pouvait nous porter vers un lieu que nous n'aurions pas connu ? Un lieu de plus pour échapper à nous-mêmes ?

C'était cela que je reconnaissais enfin : quoi qu'il se passe, j'étais seul, sans la moindre possibilité de fuir. J'avais eu cette chance que la solitude me soit donnée et c'était cette solitude que j'avais à explorer. Pas plus, pas moins. Alors peut-être un jour comprendrai-je comment on rencontre cette fête au centre du vide.

Ce n'est donc pas un accident

J'aime cette terrasse mais ma vie devient trop compliquée. J'ai décidé de prendre mon envol. De voir les choses de haut, de devenir impersonnel, de devenir Dieu en quelque sorte. Ou une caméra devenue folle, échappée des mains de l'opérateur et qui s'élance vers le ciel pour voir les choses avec un peu plus de distance. Il y a toujours ce problème de position spatiale dans le roman. Parfois le narrateur est dedans, parfois à côté, parfois dans les airs, dominant son sujet et sachant tout de sa création. L'ennuyeuse troisième personne qui perpétue le jugement de Dieu. L'avantage de la première personne est que je suis Dieu et sa négation puisque c'est moi, là-haut, qui scrute, observe, vois les mécanismes subtils de mes amis. Almodóvar, tout metteur en scène qu'il soit, est mon personnage. Lisa m'appartient dans la chair. L'actrice m'a démontré l'une des incidences du théorème de A : le cinéma, peut-être même la télévision, rend le monstre aimable. Plus de handicap. Plus de mise à l'index. Le monde de l'image me transfigure au sens propre et me rend désirable. C'est une révélation, après quinze ans d'abstinence. Pour peu que mon livre soit publié et qu'il ait un succès d'estime, que demander de plus, je retrouverais mes pairs dans les cafés à la mode et, tout à coup, ma face incertaine deviendrait une curiosité, un canon de beauté. Il y a trop de gens beaux, aimables, brillants qui se ressemblent. Cela suscite l'ennui. Imaginez un seul instant que j'apparaisse ! Quel choc ! Enfin quelque chose de radicalement nouveau ! Toi, tu vas interviewer le masque, toi tu vas le photographier. On le mettra en première page. Les émissions de télévision se l'arrachent. En trois semaines, le masque est partout. On en oublie même son livre, on en oublie même son nom. Et lui, dans sa grande solitude, se voit adulé, courtisé. *Libération* publie une photo magnifique en noir et blanc. C'est le seul journal qui publie de vraies photos. Ils dépêchent la crème de la crème, le roi du portrait. Qui se souvient que j'ai écrit un livre ?

Voilà à quoi j'échappe en prenant mon envol. Je vois le monde de haut mais le monde ne me voit toujours pas. Il ne peut me voir qu'à travers mes mots. Les idées se bousculent. Je sens une grande tristesse m'envahir, comme si Antoni Casas Ros allait disparaître, comme s'il n'était qu'un héros de roman, un personnage de film. Comme si jamais personne ne l'avait aimé, comme si lui-même n'avait jamais aimé personne. Vous voyez, les promenades nocturnes et les longues stations sur ma terrasse avec le cerf me poussent à l'amertume. Mon imagination s'enflamme. Je ne sais plus où m'arrêter. Si mes anciens amis étaient là, j'entendrais la phrase rituelle : « Voilà Antoni qui délire ! »

C'est l'avantage d'écrire, personne ne détourne la tête, personne ne hausse les épaules, personne ne s'en va. Il n'y a que la magnifique solitude, la blancheur qui peu à peu se charge de lettres et de mots bien que parfois la page dise non, se rebiffe, refuse.

Je suis étonné d'avoir été jusque-là. Étonné que les mots aient bien voulu jouer avec moi, étonné de ce monde dont je rêvais et à la bordure duquel je me suis tenu si longtemps, paralysé par la peur. J'ai marché sur les mains, j'ai passé quinze ans face à personne, enfin un androgyne m'a vu, j'ai rencontré Almodóvar, mais si merveilleuses que soient ces situations, que sont-elles face à l'acte d'écrire ? Des volutes dérisoires dans l'espace. Une fumée de cigarette tout au plus.

Lisa monte l'escalier. Je l'attends. Son pas est différent, comme si la proximité de la mort avait enlevé une pesanteur, comme si ses os s'étaient allégés par une opération alchimique. La souffrance a un effet sur la masse des corps. Elle les pétrit sans cesse, les liquéfie, les allonge. Je sors de ma rêverie pour l'accueillir. Elle tient dans ses bras une gerbe de roses rouges. Elle est un peu tremblante sur ses jambes. Plus pâle et nuageuse. Même sa voix est différente :

— Tu m'as sauvé la vie.

— C'est toi qui as sauvé la mienne, moi je suis juste allé sur la terrasse avant qu'il ne soit trop tard.

— Tu me fais un café ?

Pendant que je le prépare, Lisa m'enlace. Tout son corps vibre contre mon dos. Une vague de chaleur me traverse. Nous nous installons sur le lit et buvons.

— Tu sais, c'est étrange de mourir, d'être tout près.

— Je sais...

— Il y a une sorte de douceur qui ne ressemble ni à l'amour ni à aucune des sensations les plus marquantes d'une vie. C'est comme de dériver sur un fleuve. C'est un rêve que je fais tout le temps, je m'échappe en nageant et le fleuve me porte dans un endroit où la peur disparaît. Je fais ce rêve depuis que je suis enfant.

— Tu es contente d'être là ?

— Oui. Juste avant de sombrer, je n'ai regretté qu'une chose, ne pas avoir fait l'amour avec toi une dernière fois. Je me suis mise contre le cerf, j'ai glissé et je n'avais plus la force de me relever.

Nous nous déshabillons et je la réchauffe peu à peu avec mon corps. Nous nous glissons sous la couette. Son sexe palpite contre mon ventre.

Il y a dans notre sauvagerie un moment où les fixités se désagrègent. J'accède à ce qui est essentiel et non conditionné, peut-être à l'essence ? Serait-ce le centre dont Juarroz parle si souvent dans son obsession de trouver la félicité à travers le langage ? Je sens les différentes peaux de mon être se dissoudre les unes après les autres. Les strates fondent, le corps s'amenuise au point que ses marques individuelles deviennent de plus en plus subtiles jusqu'à cesser d'être la manifestation d'un ego, d'une pensée. La grande crainte de livrer son corps à l'autre qui nous occupe depuis l'apparition du sida est l'une des causes du désarroi. Tout reste à la surface, les individualités n'ont pas l'occasion de se perdre. Les précautions nous empêchent de plonger dans le puits sans fond du corps. Nous restons prudemment à la surface. Cette frilosité tient l'art en laisse. La beauté elle-même devient précautionneuse. Nous n'avons plus la dynamique du plaisir sauvage. Le sexe est pasteurisé, pas de sang, pas de sperme. Il s'éteint dans un narcissisme fade. Il y a bien eu d'après ma mère un grand élan, il y a trente-cinq ans, j'en suis né sans doute. Une grande liberté. Mais, d'après moi, trop de joints. Il aurait fallu du sexe pur, sans que nos esprits se laissent envahir par les brumes. C'est ce qui a limité l'explosion, restreint les capacités. Une mauvaise conjonction. Un frein. Une époque très lointaine, aussi lointaine que le XVIIIe siècle et pas de Diderot, pas de La Mettrie, pas de Laplace, pas de Sade. Mais ce n'est qu'un passage, la folie va revenir. J'attends cette vague du haut de ma terrasse. C'est sans doute pour ça que j'aime habiter devant la mer. Alors, comme un patient artificier, je place mes charges aux points stratégiques d'une culture essoufflée.

Je me suis endormi, chaud et vibrant dans les bras de Lisa, contre ses seins. Et j'ai rêvé de mon prochain roman. Je ne compte pas m'arrêter là ! Un sujet à la hauteur de mes ambitions. Celui-ci n'est qu'un prélude. Une passe d'armes pour voir si je suis capable d'exécuter la botte de Lagardère. Une passe si fulgurante qu'elle ne laisse même pas de cicatrice ! Je m'enthousiasme encore ! Je pars comme une comète. Je rêve trop ! Au travail, essaie de t'étonner toi-même !

Ma mère m'a dit avec une pointe d'orgueil que je ne m'assagirais jamais. Elle-même n'est pas sage. Toujours la même lueur, à soixante-dix ans, elle respire le danger imminent, la folie à fleur de peau. Elle prétend même qu'un vieux révolutionnaire est plus fou qu'un jeune. Toutes limites dépassées, plus personne à ménager ou à impressionner. Une image de la liberté totale. Elle m'a proposé d'aller passer des vacances à Rome. Une amie lui prête un appartement. Moi qui ne voyage jamais, si ce n'est pour migrer d'un lieu d'enfermement à l'autre. L'idée me tente. Les fontaines. À Rome, je pourrais circuler plus facilement. Me montrer à masque découvert.

Lisa est toujours dans mes bras, accrochée à moi. Je n'ai jamais dormi plus de cinq heures par nuit depuis l'accident et j'ai cessé de prendre des somnifères, ils obscurcissent mon esprit. Un jour, je me suis simplement demandé pourquoi dormir plus de cinq heures par nuit ? J'aime les écrivains insomniaques. Je fais un rapide calcul. Il me reste quarante ans de créativité. Je gagne trois heures par nuit. Soixante-sept mille huit cents heures, vingt-trois romans !

Du haut de ma terrasse je pense à ma vie. Aux trente-neuf mois passés dans ce studio. Je connais toutes les grues et les bateaux, toutes les ruelles, tous les cinémas, les recoins les plus sombres de l'âme humaine. Je sens l'appel du large.

Nous croyons que l'espace a été sphérique

Je me suis assoupi. Lorsque je rouvre les yeux, Lisa est assise sur le lit, jambes croisées. Un rayon de soleil détache sa beauté de la grisaille du monde. Le regard d'une légèreté souriante. Le bol de café fumant. Le temps miroite sur sa nudité dorée à la feuille. Elle a tiré la couette sur mes genoux, elle me regarde, paisible. Deux enveloppes posées sur mon ventre me laissent une sensation chaude. Deux rectangles d'un certain poids.

— Tu as le choix mais je voudrais que tu t'engages solennellement à ne pas discuter. Quelle que soit l'enveloppe, tu te conformeras à ce qu'elle contient. D'accord ?

— Je suis prêt à jouer ma vie.

— Alors, joue !

Je pose une main sur chaque enveloppe. J'essaie de sentir mais elles ont la même consistance, la même densité, la même épaisseur. Je n'ose appeler la droite la droite, ni la gauche la gauche, je sais ce que je choisirais. Seulement deux directions spatiales. Nord et sud. Mais c'est encore trop. Je connais mes goûts. Alors je les nomme vitesse et intensité pour rendre hommage à Newton. Je laisse flotter ces deux concepts dans mon esprit et l'intensité émerge. J'en touche une.

— Ouvre-la !

Sans plus attendre, je la déchire, du papier de soie rouge entoure quelque chose. Je le déplie et trouve deux billets d'avion pour Mexico. Je sens le recul. La peur me noue les entrailles, elle lutte avec le plaisir. Je réalise à quel point ma lâcheté n'est pas à la hauteur de mes ambitions. Je suis là, angoissé à l'idée de voir le monde. Je ne connais que trois pays : l'Espagne, la France et l'Italie. Mes voyages au long cours sont ceux de mon inextricable solitude. Partager la vie de Lisa est une folie. Elle va m'entraîner vers le jour et j'aime l'obscurité.

Lisa est impassible, prête à me quitter sur-le-champ si je faiblis. Elle sent ma lutte. J'ouvre le billet, je vois les dates, ma panique augmente. Deux mois. Ma pensée est proche de la rupture. Mon corps tendu. Soudain je pense à l'angoisse qui déjà m'étreint d'avoir presque fini ce roman. Encore quelques pages et ce sera le vide atroce, l'attente, l'espoir, le silence, peut-être.

Et moi, je suis là, sur mon toit, à attendre, semaine après semaine, et rien ne vient. Peut-être deux mois plus tard, un mot poli pour me dire que mon texte n'a pas été retenu. D'après Internet, c'est le délai de réponse habituel.

C'est décidé. Je pars pour le Mexique. J'irai consulter mes mails tous les jours. J'espère qu'ils ont des cybercafés. Et puis j'ai promis de me conformer à mon choix. Intensité ! C'est pas le moment de faire la couille molle. On y va. Il y aura toujours la tequila, je pourrai emboîter le pas à l'honorable consul de Lowry et me saouler en errant dans les rues d'une petite ville pleine de sombreros. Le temps s'effacera. La musique des mariachis s'insinuera dans mon sang. La nuit de l'iguane. Tennessee Williams, dont je deviendrai un héros posthume. La belle Ava Gardner incarnée par Lisa me ramènera sur une couche dure, au milieu des cris d'enfants et me fera l'amour pendant que je serai dans les brumes de l'alcool. Et puis, il y a les requins. J'irai nager parmi eux, si je me souviens encore comment on nage. L'un d'eux, charitable, me sectionnera en deux et je n'aurai plus de problème, plus de cybercafé, plus d'attente, plus d'éditeur.

— Tu crois qu'il y a des cybercafés ?

— Bien sûr, c'est un pays moderne.

— O.K. On y va. Je peux regarder dans l'autre enveloppe ?

— Vas-y.

Dans le même papier de soie rouge, vingt mille euros entourés d'un ruban sur lequel est écrit au feutre : Ton nouveau visage. Là, ce n'est pas une peur. C'est une panique qui s'empare de moi et qui se dissipe comme un arc-en-ciel lorsque ma raison me dit : Ce n'est pas ce que tu as choisi. Comme le Mexique me semble beau. Qu'est-ce qu'on risque là-bas ? Une attaque cardiaque due à un excès de piment ? Un accident de bus ? Une morsure de serpent à sonnette ?

Je m'imagine dans un cabanon sur la plage, commençant mon nouveau roman. Cette nuit, j'ai eu l'idée d'un titre : « Chroniques de la dernière révolution ». En deux mois, si la brise est douce, je pourrai peut-être en écrire le début. Avant de savoir si le premier sera publié.

Dans la foulée je prends deux autres décisions : dès le retour je quitte Gênes. Je vais m'installer à Rome. L'amie de ma mère part un an à Paris, faire des recherches. C'est là que nous devions passer des vacances. D'ici là, le film d'Almodóvar sera terminé.

Ce sont les moments que je préfère, ceux où l'ancien disparaît, où l'incertain se profile et coule avec la lenteur et la détermination d'un fleuve. Je serai peut-être un écrivain. Un écrivain écrit. Finis les boulots à la petite semaine, les leçons aux cancres, les comptabilités pour fabricants de bonbons, coiffeurs et vendeurs de pompes hydrauliques. Les nombres deviennent purs fantasmes, ils ne servent plus à la déprimante économie de la vie. Un écrivain publié et qui a un peu de succès doit bien arriver à gagner mille cinq cents euros par mois. Je n'ai pas besoin de plus pour être heureux.

— Il va falloir qu'on fasse du shopping, mon chéri !

— Tu veux t'acheter un casque colonial et une tenue kaki ?

— Non, c'est pour toi. Avec tes deux costumes sombres, tu finirais vite déshydraté.

— Mais les Mexicains sont très élégants et le noir est une couleur. Regarde Carlos Fuentes, il est toujours impeccable.

— Qui c'est, un chanteur ?

— Non, un écrivain.

— Pantalon large de coton ou de lin, chemise claire, chaussures légères, c'est comme ça que je te vois.

— Essayons. Mais tout de même un costume pour le soir, on ne sait jamais.

Après une semaine, je me suis aperçu que j'avais passé mon temps dans la rue, en plein jour et sans masque. Lisa passait commande après que j'avais choisi. Une valise, de nouveaux effets, mes médicaments. Ma mère était heureuse. Je n'ai rien dit pour le roman. Je voudrais lui faire la surprise et le poser sur sa table lorsqu'il sera publié.

Tout à coup, je me dis : et si l'avion s'écrase. Si le lecteur s'enthousiasme mais n'a jamais de réponse car il écrit à un mort : Yahoo personne. Alors je décide d'en confier une copie à Almodóvar. Si je meurs, il le fera lire. Le dernier livre d'Antoni Casas Ros, auteur prometteur mais disparu trop tôt, comme Saint-Exupéry. Un jour, un plongeur découvrira mon visage par cinquante mètres de fond, juste avant que les poissons ne s'en délectent.

— Et le cerf ? Qu'est-ce qu'on va faire de lui ?

— On va le libérer. Tu ne veux pas qu'on l'emmène au Mexique ?

— Tu crois qu'il sera triste ?

— Un cerf ne connaît pas la tristesse.

— Qu'est-ce que tu en sais ?

— Je l'ai vu quand tu étais presque morte à ses pieds, il n'était pas triste.

— Pourtant je l'aime. J'étais dans ses bras.

— Il n'y a que les Américains pour croire que les animaux pleurent et ont les mêmes sentiments que nous.

— Les larmes de crocodile ?

— Ce n'est pas émotionnel.

— Moi je crois que les animaux ont des émotions.

— Moi aussi mais ils sont trop nobles pour les ressasser. C'est une météorite.

— Tu sais qu'on part demain, j'ai l'anti-moustiques et tout.

— Alors on va faire une fête ce soir. Une fête au centre du vide. Dans le jardin. Il comprendra.

Deux heures du matin. Lisa, le cerf et moi. Nous lui avons acheté trois kilos de *rucola* et des marrons glacés, c'est bientôt Noël. Qui aurait cru qu'un cerf adore les marrons glacés ? Il en a mangé cinq kilos. C'était cher mais on ne lésine pas avec un si précieux compagnon. Il fallait voir comment son museau se déplaçait en bâfrant la friandise pendant qu'on se finissait au *prosecco*. Il en bavait de plaisir ou d'excès de sucre. Dans quelques jours, il aura retrouvé sa forêt. Les *carabinieri* sont repassés. Ils ont trinqué avec nous. Le plus âgé d'entre eux rêve de Lisa toutes les nuits.

À l'aube, nous avons abandonné le cerf dans le jardin. Il a dû comprendre que c'était notre scène d'adieu car il ne nous a pas suivis. De retour au studio, nous n'avons pas dormi. L'absence du cerf sur le canapé semblait marquer à jamais la vacuité de ce lieu.

L'avion décolle enfin. Nous allons passer quelques jours à Paris avant d'embarquer pour Mexico. Paris, la ville des écrivains. Je ne suis pas superstitieux, mais je posterai mon roman là-bas. J'ai acheté un dossier rouge sang et une enveloppe matelassée. Lisa embrassera le manuscrit qui disparaîtra dans la boîte jaune où un monstre terré le dévorera !

Quelle étrange sensation de s'élever dans le ciel ! Nous survolons le port. Lisa est près du hublot. Tout à coup elle se met à crier :

— Regarde ! Regarde !

Je me penche vers elle et, pendant que l'avion amorce un large virage au-dessus du port, nous voyons le cerf qui s'élance, galope de tous ses muscles, saute par-dessus les barrières, les ruelles, l'autoroute, les maisons, à la vitesse de l'éclair. Sa majesté fugitive nous emporte, rien ne peut l'arrêter. Il est la manifestation fulgurante de ce qui en nous toujours s'élance vers l'inconnu. À cet instant je comprends enfin les mots de Juarroz : au centre du vide, il y a une autre fête.

DU MÊME AUTEUR

Aux Éditions Gallimard

LE THÉORÈME D'ALMODÓVAR, 2008 (Folio n° 4924).
MORT AU ROMANTISME, 2009.

Composition Graphic Hainaut.
Impression Novoprint
à Barcelone, le 25 mai 2009.
Dépôt légal : mai 2009.

ISBN 978-2-07-038982-7./Imprimé en Espagne.

164048